Özden'in Şiirleri ve Anıları

Ozden's Poems and Recollections (1990-2010)

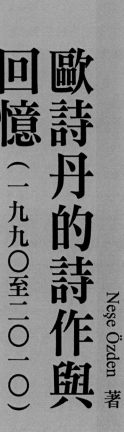

歐詩丹的詩作與回憶（一九九〇至二〇一〇）

Neşe Özden 著

謹將本書獻給我的母親İnci、父親Mehmet Rahmi、
哥哥Necdet與侄兒Alper
2010年7月台灣台北

Bu kitap, annem İnci, babam Mehmet Rahmi,
ağabeyim Necdet ve yeğenim Alper'in anısına adanmıştır
Taypey-TAYVAN, Temmuz 2010

This book is dedicated to the memory of my mother İnci,
my father Mehmet Rahmi,
my brother Necdet and my nephew Alper
Taipei-TAIWAN, July 2010

ALPER

我親愛的姪兒Alper在二十四歲就與世長辭，原本是個大學剛畢業的石油工程師。他總是在我們困難的時刻伸出他厚實的大手撫慰我們、陪伴我們、給家人打氣。他是個誠實、勤奮、幽默又成熟穩重的人。當二〇〇八年我的母親、兩個月後我的大哥（Alper的父親）相繼過世時，他對我說道：「親愛的姑姑，死亡是我們每個人都會經歷的。別哭、擦乾眼淚，只要祈禱。」我親愛的姪兒，願你在光明中安息。我永遠愛你、想念你。

24 yaşında vefat eden sevgili yeğenim Alper, yeni mezun bir petrol mühendisiydi. Zor anlarımızda ellerimizi kocaman avucunun içine alır hep yoldaş olur, moral verirdi ailesine. Dürüst, çalışkan, esprili ve çok olgun bir insandı. 2008'de annem ve iki ay sonra kalp krizinden ağabeyim (Alper'in babası) vefat ettiğinde, *"Halacığım, ölüm hepimiz için ağlama, sil gözyaşlarını ve dua et sadece"* demişti. Canım yeğenim, kabrin nur olsun. Seni çok seviyorum ve özlüyorum.

My dear nephew Alper, who passed away at the age of 24, was a recently graduated petroleum engineer. In difficult times, he would always take our hands in his big, warm and tender ones and try to cheer us up and be there for us –his family. Alper was

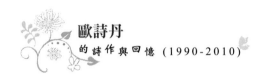

an honest, hard-working and very mature young man, with a great sense of humor. When I lost my mother İnci and then two months later my brother Necdet (Alper's father) in 2008, Alper said to me, '*Auntie, death comes to us all, do not cry, wipe your tears away and just pray*'… My beloved nephew, may your grave be filled with light; I love you dearly and I miss you.

Alper是多麼地開心、多麼地自豪他找到了一份工作……那一天，他第一次試穿了工作服。當我們看到安全帽不太合他的頭型時，不禁大笑。

Alper, nasıl sevinmişti, nasıl gurur duymuştu işe girdi diye. O gün ilk kez bu yeni görev giysilerini denedi. Kaskı da başına tam oturmadı diye bayağı gülüşmüştük.

Alper was so happy, so proud of having found a job. It was the day when he first tried on his new work outfits. How we laughed, as his helmet did not fit his head.

我的姪兒Alper幼年時……如今他已長大，二十四歲，卻過世了。願他在天堂安息。

Yeğenim Alper, çocukken... Şimdi büyüdü, 24 yaşında oldu ama vefat etti. Mekanı cennet olsun.

My nephew Alper, when he was just a boy… Now all grown up, 24 years old; unfortunately, he has passed away. My beloved, may he rest in peace.

二〇〇九年和姪兒Alper共享全家團聚的開齋餐。大約一個月後二〇〇九年九月十三日他因車禍喪生。他的死訊，是我在台灣數個月過後才得知的。

Alper'le, 2009 yılında bir iftar yemeğinde ailecek biraradayız. Yeğenim yaklaşık bir ay sonra bir trafik kazasında 13 Eylül 2009'da vefat etmiş. Yeğenimin vefat haberini, Tayvan'dayken aylar sonra öğrendim.

With Alper in 2009, the family all together at an iftar "dinner during Ramadan - when one starts to eat at sunset after fasting all day". About a month afterwards, on September 13th 2009, my nephew died in a traffic accident. I heard the news of my nephew's death in Turkey months after it happened, when I was in Taiwan.

1990年在哥哥Necdet家中。那時Alper大約五、六歲……。

Alper的父親Necdet曾因為在1974年土耳其塞浦勒斯和平運動中的貢獻獲得「gazi」這個稱號；全家人都為此感到無比榮耀。

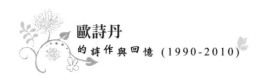
Necdet ağabeyimlerin evinde. Alper 5-6 yaşlarında o tarihlerde...
Alper'in babası Necdet 1974 Türk Kıbrıs Barış Harekatı gazisi;
kendisi de dahil tüm aile bundan büyük gurur duyar.

At my brother Necdet's home. Alper was
around 5-6 years old then...
Alper's father Necdet was a "gazi" – veteran
of the 1974 Cyprus Peace Operation; he took
great pride in this fact, as does the whole
family.

序

　　歐詩丹（N.Özden教授）的這本詩集與回憶，獻給她摯愛的母親İnci、父親Mehmet Rahmi、二哥Necdet、年僅二十四歲於車禍中喪生的侄兒Alper，以及像Alper一樣的車禍受害者與像Alper一樣英年早逝的許多土耳其將士和因公殉職的警員們。

　　與作者親密如朋友般的父親，在她大學畢業的那幾年去世。家中的第一個亡故造成的傷痛，仍然深藏在作者的心中。接下來的日子裡，作者更加離不開她的母親İnci（家族中另名Fikriye）；在母親的晚年，作者有幸更進一步了解她，並且同時以母愛與對子女的慈愛來擁抱她。然而不可諱言的是，已故母親最後的日子，由於病痛和其他無法克服的老年發展，對兩人而言都十分不易。此外，在母親過世兩個月後，心臟病發的二哥Necdet在出院的隔天驟然離世，更讓作者感到萬分訝異與沮喪。

　　土耳其是歐詩丹永遠的最愛……她也尊重、欣賞不同的文化和人們，也許正因如此，她積極爭取並且熱愛國外的教學工作。藉由此書她也再一次地，向她在各國認識的好友們致意。

ÖNSÖZ

Prof. Dr. N. Özden bu şiir ve anı kitabını, çok sevdiği annesi İnci, babası Mehmet Rahmi, ortanca ağabeyi Necdet ve bir trafik kazasında 24 yaşında hayatını kaybettiğini Tayvan'dayken öğrendiği yeğeni Alper'in anısına; Alper gibi trafik kazası mağdurlarına ve Alper gibi genç yaşta hayatını kaybeden Türk asker ve polis şehit ve gazilerine adamıştır.

Yazar, bir arkadaşı gibi çok iyi anlaştığı sevgili babasını, üniversiteyi bitirdiği yıllarda kaybetmiştir. Ailesindeki bu ilk vefatın sızısı, yazarın kalbinde halen sıcaklığını korumaktadır. İlerleyen yıllarda yazar, annesi İnci'ye (aile arasında Fikriye ismini tercih etmiştir) daha bir fazla bağlanmış; ve annesini yaşlılık çağlarında daha yakından tanıma ve onu adeta hem anne hem de evlat şefkatiyle kucaklama şansını da elde etmiştir. Ancak şu da bir gerçektir ki, rahmetli annesinin son günleri, hastalık ve diğer aşılamaz yaşlılık gelişmeleri nedeniyle her ikisi için de hiç kolay olmamıştır. Dahası, annesinin vefatından sadece iki ay sonra, geçirdiği kalp krizini atlatamayarak eve taburcu olduğu günün ertesi günü hayatını kaybeden Necdet ağabeyinin acısı da, yazarı büyük bir şaşkınlık ve hayal kırıklığına uğratacaktır.

Bir Türkiye sevdalısıdır Özden.... Farklı kültürlere ve insanlara da saygılı ve duyarlıdır. Biraz da bu nedenle, yurtdışı görevlerine severek ve heyecanla talip olmuştur. Gittiği her

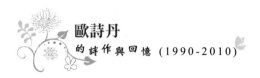

ülkede tanıştığı tüm güzel insanları da –bu kitap vesileyle bir kez daha— saygıyla anar ve selamlar.

FOREWORD

Professor Dr. N. Ozden dedicates this book of poetry and recollections to the memory of her much loved mother İnci, her father Mehmet Rahmi, her middle brother Necdet and her nephew Alper - who lost his life aged 24 in a traffic accident, news of which only reached the author whilst she was in Taiwan - as well as to all other traffic accident victims and Turkish soldier and police veterans and martyrs who, like Alper, have lost their lives at an early age.

In 1986, only one year after her graduation, the author lost her beloved father who had been a dear friend to her. The pain caused by this first loss in the family is still quite raw deep within the author. Thus, in the years that followed, the author became still more closely attached to her mother İnci (who had chosen to be called Fikriye in the family) and found the opportunity to get to know her mother better in her old age and to embrace her both as a mother as well as a child. However, the harsh reality was that the last days of her mother were not easy for either of them due to the difficulties caused by illness and other problems due to old age. Furthermore, just after two months after her mother's death, the author was yet again heartbroken and bewildered by the pain of the sudden passing of her brother Necdet from complications following a heart attack.

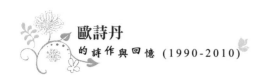

Ozden is passionate about Turkey... She also deeply respects and is quite aware of other cultures and people. And in a way it is for this reason that she willingly and enthusiastically applies for work abroad. Through this book, the author yet again respectfully remembers and greets all the beautiful people she has met in the countries she has visited.

目　次

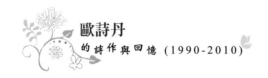

前言

　　本詩集中收錄了作者自一九九〇年至今以業餘者精神所完成的二十首詩。這些詩作隨著作者二十年間的足跡而遍及土耳其、英國、波士尼亞赫塞哥維納、愛沙尼亞及台灣。

　　本書印行之際，作者為了和讀者分享她二十年間的回憶，讓詩句更容易理解而在詩句前寫下相關故事（有些源於真實生活，有些則出自於詩人的想像）。無論是詩句或是作品大意皆為土耳其文、中文及英文三種語文對照。

　　本詩集中的題材、人物，皆是源於作者自身的體驗、印象或其他種種原因所引發的靈感。大多涉及生活、離別、死亡、友誼、愛情、親情以及童年回憶等不同主題。

　　這本詩集之所以三種語文對照，並特別在台灣出版，是為了讓土耳其—台灣之間的友誼更具體呈現，並希望藉此拋磚引玉，讓強化彼此歷史情誼的作品日益增多。正猶如今日土耳其位居東方西方要衝般，土耳其語言與文化在中亞和曾經隸屬於鄂圖曼領土的巴爾幹、高加索、中東與北非等近五十個國家裡，仍可見到其歷史的痕跡與社會文化的傳承。縱橫跨歐亞非三洲的鄂圖曼帝國（一二九九－一九二二）之後，在知名的土耳其領袖，同時也是世界領袖凱末爾的領導下，土耳其共和國成立於一九二三年。而跨越歐亞兩洲的現代土耳其，融合了亞洲與歐洲的文化並繼續加以發揚光大。

　　將詩作譯成中文及英文時，盡可能採取一一對應的方式；但有時因為詩句間接迂迴的表達，在作者的允許下，採

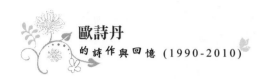

歐詩丹

的 詩作 與 回憶 (1990-2010)

取了以詩句內涵為重的間接翻譯，俾使中文和英文的讀者能
更正確清楚地了解作者想要傳達的意思。另外，由於這些詩
作陸陸續續於二十年間完成，作者將其集結出版時，亦針對
詩作的土耳其文原版，做了許多必要的修改與安排。本書原
以土耳其文寫作，並譯為英文與中文。

GİRİŞ

Bu kitapta yazarın 1990 yılından beri amatör bir ruhla kaleme aldığı şiirlerinden 20'si yer almaktadır. Bu nedenle, şiirlerin yazıldığı yerler Türkiye, İngiltere, Bosna-Hersek, Estonya ve Tayvan'dır. Şiir kitabının basım aşamasında yazar, bazen bu şiirlere ait 20 yıllık anılarını paylaşmak amacıyla, bazen de şiirlerinin daha kolay anlaşılması için, şiirlere ilişkin kısa öyküler (bazen gerçek hayattan, bazen de şairin ilham dünyasından) hazırlamıştır. Şiirler ve şiir özetleri üç dilli olarak, yani Türkçe, Çince ve İngilizce olarak hazırlanmıştır.

Şiir kitabında yer alan konular ve kişiler, yazarın kendi hayatındaki yaşantı veya izlenimlerinden ya da çeşitli vesilelerle yazarın şiir dünyasına ilham veren olaylardan esinlenmektedir. Şiirler daha çok, yaşam, ayrılık, ölüm, arkadaşlık, aşk, anne ve babaya duyulan sevgi ve çocukluk anıları gibi muhtelif konulara değinir.

Bu şiir kitabı, üç dilli olarak hazırlanmasının yanısıra, özellikle Tayvan'da basılmış olması nedeniyle, Türk-Tayvan dostluğunu somutlaştıran ve bu tarihsel bir yakınlığı yaşatacak nice yeni çalışmaya yol gösterecek manevi bir öneme sahiptir. Tıpkı günümüz Türkiyesi'nin Batı ve Doğu'nun kesişimindeki önemi gibi, Türk dili ve kültürü de Orta Asya'da ve Osmanlı

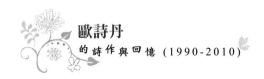

Devleti'nin eski coğrafyaları olan Balkanlar, Kafkaslar, Ortadoğu ve kuzey Afrika'daki yaklaşık elli ülkedeki tarihsel izleri ve sosyo-kültürel hatıraları ile yaşamaktadır. Ünlü bir Türk ve dünya lideri olan Mustafa Kemal Atatürk'ün önderliğinde 1923'te kurulan Türkiye Cumhuriyeti, üç kıtada (Asya, Avrupa ve Afrika'da) iz bırakan bir Türk devleti olan Osmanlı Devleti (1299-1922)'nden sonra kurulmuştur ve bir Avrasya ülkesi olan modern Türkiye, Asya ve Avrupa kültürlerinin kaynaştığı muhteşem bir uyumu bünyesinde barındırmaktadır.

Bu şiirlerin Türkçe'den Çince ve İngilizce'ye çevirileri yapılırken, bazen bire bir çeviri yöntemi izlenmiş; ama bazen de, şiirlerin dolaylı anlatımları nedeniyle, yazarın bilgisi dahilinde, şiirin içerik ve dolaylı anlatımlarını en iyi yansıtacak çeviriler yapılmıştır. Böylece, yazarın şiirlerinde anlattıkları, Çince ve İngilizce okurlara mümkün olan en doğru şekilde ve net bir uslüpla aktarılabilmiştir. Ayrıca, yirmi yıl gibi uzun bir zaman sürecine ilişkin olan bu şiirler yayına hazırlanırken, Türkçe orijinal nüshalarında gereken bazı değişiklikler ve yeni düzenlemeler de yapılmıştır. Şiirlerin orijinali Türkçedir, daha sonra İngilizce ve Çince'ye tercüme edilmiştir.

INTRODUCTION

This book contains 20 amateur poems in free time composed by the author, from amongst all the poems she has written since 1990. Hence, the countries in which she wrote these poems are Turkey, England, Bosnia and Herzegovina, Estonia and Taiwan.

During the publication of the book, the author has also written short introductions to every poem so as to share, in part, the 20 years worth of memories pertaining to each one, as well as to make them more comprehensible. The poems and their introductory stories (sometimes based on real life and sometimes on imaginary people) have been presented in three different languages; in Turkish, Chinese and English.

The subjects and people mentioned in the book have been inspired by the life and impressions of the author herself, or by events that have been inspirations to the author's world of poetry in one way or another. The subjects of the poems mainly touch on such diverse matters as life, separation, death, friendship, love, love towards one's mother and father as well as childhood memories.

Aside from being prepared in three languages, this book carries great moral importance which will open the way for many new studies and solidify the friendship between Turkey and Taiwan, as well as perpetuate historical amity. Just as important

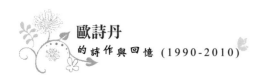

as the intersection between the West and the East of present-day Turkey, the Turkish language and culture exists with its own historical imprint and socio-cultural memories in Central Asia and within former territories of the Ottoman State such as the Balkans, the Caucasus, the Middle-East and North Africa, totaling approximately fifty countries in today's world. The Republic of Turkey was founded under the leadership of the prominent Turk and world leader Mustafa Kemal Atatürk in 1923, after the dissolution of the Ottoman State (1299-1922), a Turkish State that left a mark on three continents (Asia, Europe and Africa). A Eurasian country, modern Turkey comprises a remarkable blend of the mixture of Asian and European cultures.

During the translation of the poems - from Turkish to English and Chinese - the poems have been rendered word for word in places; with the knowledge and consent of the author, however, some parts have been changed during translation so as to best reflect the underlying meaning of the phrase due to the context of the poem itself. Thus, the narrative of the author has been recounted accurately and clearly to its Chinese and English readers. Whilst preparing for the publication, some amendments and revisions were introduced to the poems in their original Turkish form, where necessary. The poems in this book were originally written in Turkish and then translated into English and Chinese.

致謝

　　本詩集請Fatma D. Yılmaz女士從土耳其文譯成英文，再由Sara J. Wardle女士校正。黃心頻（第5-6、11-16、18-19首詩）、鄧力欣（第20首詩與C.Mıhcı合譯，第3-4首詩）、曾昀禔（第7-10首詩）以及張仕杰（第1-2、17首詩）從土耳其文譯成中文。第1-4、7-10、17、20首詩的中譯由李珮玲校正，其餘的十首詩則由曾蘭雅校正。本人在此感謝所有協助翻譯者和校正者投注的心力。若沒有這些人的友誼、支持與關愛，這本作品將難以三語對照的方式出版。

　　我想要感謝我親愛的家人，缺少了他們的生活將會變得多麼困難。另外，我要向從1981年我18歲進入安卡拉大學語言和歷史－地理學院就讀以來，所有教導我的師長們獻上最深的感謝；感謝他們讓我了解知識的價值，以及把它運用在人道與學術目的上的重要性。也感謝讓我感受到何謂友情與忠誠——身在土耳其、英國、波士尼亞赫塞哥維納、愛沙尼亞、台灣與其他國家——所有的親愛同事們。

　　同時我也要感謝在某些詩作上鼓勵我、協助我出版的朋友M.Turan，*KİBATEK*學會以及*Turnalar*期刊的D.Ayan、*Güncel Sanat*期刊的A.Bayır。

　　在此也要向這本作品中我靈感的泉源和我的朋友們；以及我無法一一細數，但他們知道在我心中地位的所有長輩晚輩，致上我衷心的謝忱。

　　獻上我永遠的愛與敬意　　　二〇一〇年七月於台灣台北

TEŞEKKÜR

Şiir kitabının çeviri aşamasında, Türkçe'den İngilizce'ye çeviri Fatma D. Yılmaz, İngilizce düzelti Sara J. Wardle tarafından yapılmıştır. Türkçe'den Çince'ye çeviride, Hsin-Pin Huang'ın Çince çevirileri (şiir 5-6, 11-16, 18-19), Lan-ya Tseng tarafından; Li-Hsin Teng (şiir 20'yi C.Mıhcı'yla birlikte, şiir 3-4), Hsu-Ti Tseng (şiir 7-10) ve Shih-Chieh Chang'ın (şiir 1-2, 17) Çince şiir çevirileri ise, Pei-Lin Li tarafından düzeltilmiştir. Bu vesileyle, kitabımdaki şiirlerin çevirisinde ve düzeltisinde yer alanlara tek tek teşekkür etmeyi bir borç bilirim. Tüm bu kişilerin dostluğu, desteği ve içten sevgisi olmasaydı, bu eser basım aşamasına ve üç dilli olarak sunuma hazır olamazdı.

Sevgili aileme, onlarsız bir hayatın ne kadar zor olacağını söylemek ve içtenlikle teşekkür etmek istiyorum. Ayrıca, A.Ü.Dil ve Tarih-Coğrafya Fakültesi'ne 1981 yılında bir lisans öğrencisi olarak girdiğim genç yaşlarımdan itibaren, bana bilginin ve bu bilgiyi insani ve bilimsel gayelerle kullanmanın değerini öğreten değerli hocalarıma, dostluk ve vefanın ne demek olduğunu bana hissettiren –Türkiye, İngiltere, Bosna-Hersek, Estonya, Tayvan ve diğer ülkelerdeki- tüm sevgili meslektaşlarıma en derin şükranlarımı sunuyorum.

Bu kitabımdaki şiirlerimden bazılarını ilk destekleyen ve birkaçının basımını sağlayan değerli dostum M.Turan'a,

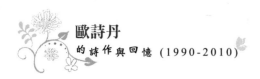

KİBATEK kurumuna ve *Turnalar* dergisine ve -yine bu kapsamda- D.Ayan ve *Güncel Sanat* dergisinden A.Bayır'a içtenlikle teşekkür ediyorum.

Kitabımdaki şiirlerime ilham veren tüm değerli kahramanlarıma ve şu anda ismini tek tek sayamadığım ama kalbimdeki yerlerini zaten bilen tüm büyüklerime ve küçüklerime teşekkür etmeyi bir borç bilirim. Sevgi ve saygılarımla, Temmuz 2010 Taypey-TAYVAN

ACKNOWLEDGEMENTS

This book was translated from Turkish to English by Fatma D.Yılmaz, proofread by Sara J. Wardle and translated from Turkish to Chinese by Hsin-Pin Huang (poems 5-6, 11-16, 18-19), Li-Hsin Teng (poem 20 translated with C.Mıhcı, poems 3-4), Hsu-Ti Tseng (poems 7-10), and Shih-Chieh Chang (poems 1-2, 17). The poems numbering 1-4, 7-10, 17, 20 were proofread by Pei-Lin Li, and the remaining poems were proofread by Lan-ya Tseng. Thus, I would like to thank and congratulate each of those people for helping to make the English and Chinese versions possible. If it was not for their friendship, support and devotion, these poems would not have been completed in all three languages.

To my family, I would like relay my deepest gratitude and to tell them that without them my life would be filled with many difficulties. Also, I would like to express my appreciation for all my esteemed professors, from my time as graduate-student at Ankara University (Faculty of Letters); to them I owe the realization of the value of knowledge and the ability to use this knowledge for humanity and scientific purposes. My appreciation also goes to all my dear colleagues - in Turkey, England, Bosnia and Herzegovina, Estonia, Taiwan and in other countries of the world- who have shown me what true friendship and loyalty is.

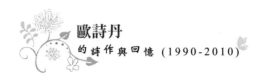

歐詩丹
的詩作與回憶 (1990-2010)

I would like to sincerely thank M.Turan – a valued friend who was the first to support some of the poems in this book and who was influential in publishing some of them, the *KİBATEK* Institute and *Turnalar* journal and – within this context – D.Ayan, as well as A.Bayır at the *Güncel Sanat* journal.

I must also express my gratitude to all the beloved heroes who have been my friends and an inspiration for my poems; to all those whose name I have not mentioned but know of their place in my heart. With love and respect, July 2010 Taipei-TAIWAN

1

我曾視你為烏邁鳥，是在台灣港都——高雄的電影博物館內，受到一幕可能是離別場景之啟發後著筆完成。詩中描述一名純真的年輕女子，受到她視為像烏邁鳥（umay bird）般遙不可及的傳奇愛人傷害後的感嘆。最後女孩發現，那對她而言曾經地位崇高的愛人，不過是像神話中的烏邁鳥般虛幻。而這個傳奇愛人，或許這次能以鳳凰之姿，在灰燼中與女孩一同升起。

我曾視你為烏邁鳥

我曾視你為烏邁鳥
雙手和言詞都曾是你的碑文
唉！吾愛！
也許你從來就什麼都不是，也從不存在
**

別說，用問的
在生命之鏡中　問問你自己
在你的身上　讓人看見你的舞台
展示你的生命　從有到無
**

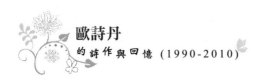

若沉重能被了解
你的名字將在心碎者的國度流傳
在塵與土之間，放開你自己吧
沉入大海吧　在那不存在的地方
**

你的消息讓我的耐心耳聾
拂曉一天天地算著它的年歲
我整束我的生命，而一切已太遲
我在遠方手握幾條短線　為了一個什麼也不是的理由
**

我曾視你為烏邁鳥
今天我回首過往　唉！吾愛
也許你從來就什麼都不是
也從不曾存在……
從你的灰燼中再一次
是不是如鳳凰般　和我一起升起

　　　　　歐詩丹，2010年1月26日於台北・文山

1

UMAY KUŞU BİLDİM SENİ…, Tayvan'ın Kaohsiung sahil kentindeki bir sinema müzesinde yer alan ve ayrılış sahnesi  olduğu varsayılan bir sinema karesinden esinlenerek kaleme alınmıştır. O sahnedeki masum bir genç kızın, umay (hüma) kuşu kadar ulaşılmaz ve efsanevi bildiği ancak onu terkeden ya da üzen sevgilisine yaptığı farzedilen sitemi konu alır.

Şiirin sonunda genç kız farkına varır ki, sevdiğinin efsanesi adeta bir umay kuşu yanılsamasıdır. Ancak genç adam şimdi de bir anka kuşuna dönüşerek küllerinden, genç kızla birlikte yeniden doğrulacaktır belki de.

UMAY KUŞU BİLDİM SENİ

Umay kuşu bildim seni
Eller, diller kitabendi
Ey sevgili!
Belki de sen hiçtin, hiç yoktun
**

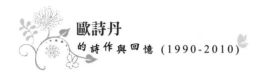

歐詩丹

的詩作與回憶 (1990-2010)

Konuşma, danış
Kendine sor hayatını aynaların
Sahnen görünsün bedeninde
Serilsin sen hepten hiç olsun
**

Bilinse ağırın tadı
Adın kalır kırılan diyarlarda
Salıp kendini tozuna toprağına
Dalsan ummana birden hiç yerinden
**

Sabrım sağır haberlerinden
Sayıyor şafaklar miladın
Denkledim hayatımı, geç kaldım
Uzaktayım kısa iplerle bir hiç yüzünden
**

Umay kuşu bildim seni
Bugün tarihe gittim ey sevgili
Belki de sen hiçtin
Hiç yoktun...
Külünden bir daha, anka gibi
Benimle mi doğruldun.

ÖZDEN & Wenshan-Taypey / 26 Ocak 2010

1

YOU WERE MY DREAM MAN, LEGENDARY AS THE UMAY BIRD was inspired by the image of what is presumed to be a parting on display at the museum of cinematography in the coastal city of Kaohsiung, Taiwan. The scene in question appears to depict an innocent young girl's reproach to her beloved, whom she had regarded as being as unattainable and legendary as an "umay bird (bird of fortune)" but who had left her and/or hurt her.

In the last sentences of the poem, she finally comes to the realization that her love's legend was perhaps an illusion like the legend of the Umay bird. The young man, however, would perhaps now become a phoenix-like legendary bird to arise together with her from his ashes once again.

YOU WERE MY DREAM MAN, LEGENDARY AS THE UMAY BIRD

You were my dream man, legendary as the Umay bird
Your hands and words were your inscription
Oh my love!
Probably you never were, never existed
**

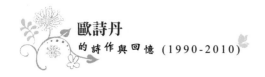
歐詩丹
的詩作與回憶 (1990-2010)

Don't talk, ask
Ask yourself in life's mirrors
May your stage be seen on your body
For you to be exposed totally from nothing
**

If the taste of burden were to be known
Your name would stay within the broken lands
Lose yourself in their dust and soil
For you to dive into the ocean from nowhere
**

My patience is deafened by your news
Calendars counting days
I put my life on hold, I am late
I am far away with short ropes in hand for no reason
**

I thought of you as my dream man, legendary as the Umay bird
Today I go back to the past oh love
Probably you never were
Never existed…
From your ashes once again, like a phoenix this time
Would you arise with me.

ÖZDEN & Wenshan-Taipei / January 26, 2010

2

那一天來臨時，描寫作者對亡母的思念，以及像孩童般依偎在母親的太陽穴入睡時，那種難以言喻的平靜。作者同時期望著有朝一日，能永久地與母親相聚。

那一天來臨時

母親，既使只是一個廣告　也讓我憶起你
願我能不感受風、誇耀、痛苦而行走
像你一樣察覺世事，不受軀殼的俘虜
當那天到來時
對你的思念讓我消溶，若我枕眠在你額頭邊的太陽穴
**

橄欖石般、如絲的光澤，我親愛的珍珠
就讓你最愛的黃色　妝點你吧
在光明中安息吧，讓我和你與爸爸重逢
當大限來臨
讓我獻給你的懷抱，在你額頭邊的太陽穴枕眠

歐詩丹，2009年10月10日於台北‧文山

2

GÜN GELİNCE..., yitirilen bir annenin ardından ve onun alnının kıvrımına başını yaslayarak uyurken hissedilen o tarifsiz huzura duyulan özlemin ve ebediyette onunla tekrar biraraya gelme arzusunun satırlara dökülmesidir.

GÜN GELİNCE

Bir reklam bile hatırlatır seni bana annem
Rüzgarı, cakayı, cefayı sezmeden yürüsem
Sen kadar farkında, tutsak olmadan kılıfıma
Gün gelince
Silinsem özleminle, alnının kıvrımında uyusam
**

Zebercet misali ipeksim, inci tanem
Sevdiğin sarı renk ziynetin olsun
Kabrin ışık, vuslatım babamla senle
Ferman erişince
İkram olup sinene, alnının kıvrımında uyusam.

2

WHEN THE TIME COMES was written after the loss of a mother, describing the longing for the indescribable peace felt when sleeping with one's head pressed to the curve of her temple and with the hope of reuniting with her in eternity.

WHEN THE TIME COMES

Even a simple advert reminds me of you, mother
If only I could walk without feeling the wind, the arrogance, the
     torment
To be as aware as you, without being captive of my own shell
When the time comes
To be eradicated with your longing, to sleep on the curve of your
     temple
**

Silky as an emerald, my pearl drop
May your favorite color yellow be your jewel
May your resting place be filled with divine light, my reunion
     with you and father
When the judgment is passed

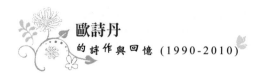

歐詩丹
的詩作與回憶 (1990-2010)

To be delivered to your bosom, to sleep on the curve of your temple.

ÖZDEN & Wenshan-Taipei / October 10, 2009

3

日子伴侶，是一位年輕女子，給她喜歡的年輕男子所寫的詩的回應。在這個回應中，年輕女子訴說情意，並提到一個充滿快樂與美好、男子稱之為「馬札拉菲地」（Mazarafistan），且形容為日子伴侶的幻想國度。

日子伴侶

嗨，在獅子之地的你
來聽聽我的呼喚吧
快來吧
帶著欣喜孩童的振奮來
帶著你那把不可能化為可能的決心來
帶著千萬個希望和千萬個絕望
再一次，無懼地去
**

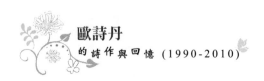

我渴望你的存在
準備好忘記沒有你的事實
好安慰我已不再擁有你
我的身體　就像被光吸引而去的蝴蝶
飛向單純的重逢
懷著一絲絲和解希望的不悅　嚮往著稀微亮光
再一次，毫無感覺地
**

我正等待著被拯救
逃離出鼠窩狼穴的
超越冰凍境界的麻木感
逃離出拖曳著失根的樹
那無情暴風後的殘骸
是沒有靈魂的靈魂
**

帶我逃到
那日子伴侶—*馬札拉菲地*
在我還未衰老之前
讓我加入純淨的冒險　別多追問
抱著千萬個希望、千萬個絕望
再一次，盡情地

歐詩丹，1992年1月29日於倫敦

3

GÜN EŞİ..., genç bir kız tarafından, beğendiği gencin yazdığı bir şiire cevaben kaleme alınmıştır. Genç kız, delikanlının 'Mazarafistan' olarak tanımladığı ve güne eş olarak gösterdiği hayali bir mutluluk ve güzellik ülkesinden bahseder.

GÜN EŞİ

Ey arslanlar ülkesindeki

Çağrımı duysana

Geleceksen gel artık

Sevinçli bir çocuk coşkusuyla

İmkansızı imkanlı kılan kararlılığınla

Bin umutla bin umutsuzlukla

Bir kez daha, korkusuzca

**

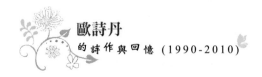

Varlığına hasretim
Hazırım yokluğunu unutmaya
Avutabilmek için sensizliğimi
Kelebek misali ışığa pervane bedenimi
Programlıyorum yalın kavuşmalara
Ve barışa gebe dargınlıklarımı solgun parıltılara
Bir kez daha, duygusuzca
**

Kurtarılmayı bekliyorum
Fareler yuvası sırtlanlar ülkesinin
Donma-ötesi hissizliğinden
Köksüz ağaçları sürükleyen
Amansız fırtınasının artığı
Ruhsuz ruhlarından
**

Kaçır beni
Gün eşi olan Mazarafistan'a
Eskitmeye başlamadan benliğimi
Kat beni safkan maceralara sorgusuzca
Bin umutla bin umutsuzlukla
Bir kez daha doyasıya.

ÖZDEN & Londra / 29 Ocak 1992

3

THE SPOUSE OF THE DAY is written as the response of a young girl to a poem by the man she likes. She speaks of an imaginary country full of happiness and beauty named "Mazarafistan"– the spouse of the day- by the young man.

THE SPOUSE OF THE DAY

You! You in the land of the lions
Hear my call
Come already
With the excitement of a joyful child
Full of determination to make the impossible possible
With a thousand hopes and a thousand despairs
Once again, fearlessly
**

I long for your presence
Prepared to forget your absence
In order to be consoled of your void
My body, like a moth drawn to light
Being programmed for simple reunions
And my resentments starved of peace in faded shimmers
Once again, unfeelingly
**

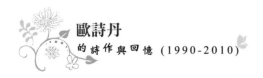

I am waiting to be saved
Home for rats, the lands of the hyenas
From unfeeling-ness which is below freezing
Which hauls rootless trees
Where the severe storm gathers
Of soulless souls
**

Take me
To the spouse of the day Mazarafistan
Before exhausting my soul
Include me in your pure ideals unquestioningly
With a thousand hopes and a thousand despairs
Once again, to one's content.

ÖZDEN & London / January 29, 1992

4

無意義之無意義的解藥，事實上是對人生觀的一種檢
視：人生被比做一座水車，而人類則像水車的輪槳一
樣，嘗試著要汲水（努力追求物質價值），到頭來卻只
是白費心機，什麼都得不到……在這個檢視的最後告訴
我們，應該抱持的人生觀，是去累積可以潔淨我們心
靈、使我們得到快樂與滿足的努力。

無意義之無意義的解藥

人生是為人熟知的一場舞台劇
破浪而出的角色一個接著一個等待上場
人生就像一座水車
輪槳時而運轉時而停止
人生的水車攪擾著它的寧靜
**

人類是情感與想法的堆疊
交織著那些充滿不可能的假想
而且有時候比預期中的還要毒
毒害著幾近忍受極限之事實
**

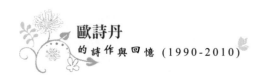

那麼一個人的人生觀應該是什麼呢？
我們都該如此自問
要嘛全盤不予理會
或是毫不抵抗就認輸
**

答案仍舊藏著焦慮和假想
到頭來剩下的只是了無意義
及不值得假定的假定
和超乎現實的未知
**

簡言之，我們什麼也得不到
接近不了夢想與現實交會的界線
也無法熟悉足以減輕殘酷現實的夢想
也永遠不會了解到那浮沉善變
我們對物質價值的依附
**

會留下來的紀念物是
無緣無故被喚起的一把回憶
殘留在身上痛苦的痕跡
在我們心靈裡的集結，與我們掛在唇上的微笑

歐詩丹，1992年2月於倫敦

4

ANLAMSIZLIKLARIN ANLAMSIZLIĞINA ÇARE..., hayatın bir değirmene benzetildiği ve insanın ise bu değirmendeki dipsiz kovalar misali, maddiyatçı ve beyhude çabalarla su (materyal değerleri) biriktirmeye çalıştığı bir hayat felsefesinin sorgulaması aslında... Bu sorgulamanın sonunda ulaşılan sonuç ise, ruhumuzu temiz tutacak ve dudaklarımızda tebessüm bırakacak gayretleri, hayatımızın felsefesi yapalım.

ANLAMSIZLIKLARIN ANLAMSIZLIĞINA ÇARE

Hayat çok bildik bir sahne oyunu
Dalgakıran roller doldurulmayı bekliyor ardısıra
Bir değirmen proto tipi gibi
Dipsiz kovalı kasnaklarına
Duraksatıyor devrialemindeki huzuru
**

İnsan denilen duygu ve düşün yığını
Örüyor çözülmezlikleri besleyen kurguları
Ve zehirliyor bazen olduğundan da fazla
Dayanma sınırlarına dayanmış olguları
**

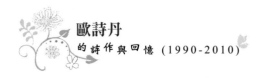

O zaman hayatın felsefesi ne olmalı?

Diye bir soru kendimize sorulmalı

Es geçmek mi herşeye temelden

Yoksa pes etmek mi mücadeleye girmeden

**

Yanıtlar yine, kaygı ve kurgulara gebe

Kala kala geriye sadece anlamsızlıklar ve

Var sayılmamaya layık varsayımlarla

Gerçek-ötesi anıların çaresizliğine çare

**

Özetle, hiçbir şey geçmeyecek elimize

Ne hayallerin gerçekle buluştuğu çizgiye yakınlık

Ne gerçeklere dayanmayı hafifleten hayallere aşinalık

Ne de kopuk sadakat ivmeleriyle süregelen

Materyal değerlere bağlılık

**

Geride kalacak yadigar

Yerli yersiz hatırlanacak bir avuç hatıra

Bedene yansıyan izleri acıların

Ruhumuzdaki terkip, tebessümü dudakların.

ÖZDEN & Londra / Şubat 1992

4

THE CURE FOR THE MEANINGLESSNESS OF
MEANINGLESSNESSES is in actual fact an examination
of a life philosophy, where life itself has been likened to a
mill and where human beings, like bottomless paddles of
a mill, ineffectually try to accumulate water - *i.e. material
values* - through materialistic and futile efforts… In the end,
one is obliged to conclude that our life's philosophy needs
to be an accumulation of efforts to embellish our souls as
well as to bring a smile to our lips.

THE CURE FOR THE MEANINGLESSNESS OF MEANINGLESSNESSES

Life is a well-known theater play
Arduous wave-breaking roles waiting to be filled one after
      the other
Just like a model of a mill
With bottomless paddle wheel
Interrupting the peace around the world
**

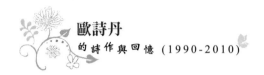

A human being is a mass of emotions and dreams
Weaving the fictions that feed gridlocks
And poisons at times more than intended
The facts that have endured the limit of endurance
**
Then what should be life's philosophy?
Such a question should be asked of us
Do we disregard everything to the very core
Or do we simply give up without even putting up a fight
**
The answers are, yet again, bound to concerns and fictions
What remains at the end is mere meaninglessness and
Assumptions worthy of the un-assuming
A cure for the vulnerability of memories beyond reality
**
In short, we will have gained nothing
Neither proximity to the border where dreams meet with reality
Nor a familiarity with dreams that make harsh realities tolerable
Nor still the long-awaited acceleration of divided loyalty
Adherence to material values
**
Remainders are relics of the past
A handful of memories remembered here nor there
Traces of pains reflected on the body
The purity it creates in our souls, the smile it brings to our lips.

ÖZDEN & London / February 1992

5

儘管如此，是一首描寫初戀情懷的詩，一個害羞的少女鼓起勇氣述說隱藏在她內心深處的情感。就如同她所愛上的那個男子生命中總在等待一般，她也在等那個讓她怦然心動的人，最後她也真的找到了……然而，就像所有的初戀一般，邂逅後兩個人能長久在一起是很困難的，甚至是不可能的。因為現實殘酷到不會給真愛喘息的機會。

儘管如此

我渴望……
能有人把如同你呼吸般炙熱的真相
對著我不靈敏的耳朵大喊
毫不理會我假裝的抗議
堅決地將我的情感從冬眠中喚醒
**

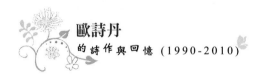

我曾夢想……
就像你一直以來所等待的
有個讓我心動的人來到
讓我墜入情網
有一天能說出「我多麼幸運，
能遇見那張夢裡的臉龐」
**

我早已厭倦了……
小人之間的客套話；
當他們淹沒在虛假的友誼中更加沈淪時
刻意表現出親密友善
所導致的虛偽眼神
**

儘管我知道
現實，殘酷到不給真愛任何喘息機會的地步
如同寒冷會令人打顫，炎熱會灼傷人
每個夢想的真相和虛假終會揭曉……
我心中有理想停駐
也有夢想妝點
心中所有的風暴會降臨也會遠離……
就像嬰兒呱呱墜地時的哭泣
會在去世那天還給他

歐詩丹，1991年8月28日於倫敦

5

HERŞEYE RAĞMEN..., mahçup bir genç kızın saklı duygularını açığa vurmaya cesaret ettiği bir ilk aşk şiiri. Tıpkı aşık olduğu erkeğin hayatta hep beklediği gibi, bu kız da 'ayağını yerden kesecek birini' beklemiş ve bulmuş işte... Ancak ona kavuşması - her ilk aşkta olduğu gibi- biraz zor, belki de imkansız. Çünkü gerçek, aşka aman vermeyecek kadar gerçek.

HERŞEYE RAĞMEN

Hasrettim...
Nefesinin sıcaklığı kadar yakıcı doğruları
Haykırmasına birinin paslanmış kulaklarıma,
Aldırış etmeden yaratmaya çabaladığım sahte itirazlarıma
Uyandırmasını kış uykusundaki duygularımı amansızca
**

Düşlerdim...
Hep senin beklediğin gibi
Ayaklarımı yerden kesecek birinin
Gelip, ayaklarımı yerden kesmesini
Şanslıyım,
Tanıdım hayalimdeki çehreyi diyebilmeyi
**

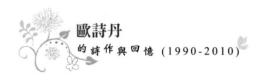

Bıkmıştım...

İnsancıkların sonu başından belli konuşmalarından,

Küçüklüklerini küçülten sahte dostluklarının içinde boğulurken

Can vermeye çalıştıkları sevgi silüetlerinin

Meyvesi olan bayağı bakışlarından

**

Bilmeme rağmen

Gerçek, aşka aman vermeyecek kadar gerçek

Soğuğun seni dondurması, sıcağın yakması gibi

Her hayalin gerçekliği ve sahteliği görülecek...

İdealimi mesken tutmuş

Düşlerimle bezenmiş yüreğimde

Her fırtına kopacak ve dinecek...

Tıpkı bebeğin doğduğu gün ağlamasının

Öldüğü gün ona iade edilmesi gibi.

ÖZDEN & Londra / 28 Ağustos 1991

5

DESPITE EVERYTHING is a shy young girl's first love poem where she musters the courage to disclose her hidden feelings. Just like the young man whom she loves, this girl has been waiting for 'someone to sweep her off her feet' and has finally found him… However, being with him – as with any other first love - is somewhat difficult, even impossible… because life itself is as real as sacrificing one's love.

DESPITE EVERYTHING

I was longing…
Truths hot as the warmth of your breath
As a scream into my rusty ears,
Without thinking about false objections I try to arouse
Wakening my sleeping feelings mercilessly
**

I was dreaming…
As you always expected
For the one to sweep me off my feet
To come, sweep me off my feet
To say, I am lucky
That I recognize the face from my dreams
**

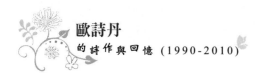

I had enough…

Of small talk where the end of the conversation is known from
the very beginning,

While drowning amongst fake friendships that downplay their
smallness

Try to sacrifice their lives for the mere silhouettes of love

Fruits of coarse looks

**

Although I knew

The truth, real as sparing one's love

As allowing the cold to chill, the heat to warm you

The truth and falsity of every dream will be revealed…

Making idealism a reality

My heart embellished with my dreams

Every storm will break and pass…

As the crying of a baby on the day of birth

As returning the day she died.

ÖZDEN & London / August 28, 1991

6

這就是節慶，描寫一九七○年代一個小女孩過節時的興奮，以及她和父親在安卡拉安那特彼區一起過節的美好回憶。

這就是節慶

此刻，這首詩為何浮現腦海
又是一個節慶的前夕，我想念起父親
收起了淚水，不想讓母親看見
款待客人時，重溫著彼此的情誼
**
我總和父親一起共度德亞電影院和兒童樂園時光
不同口味的helva甜餅滋味仍然遺留在味蕾上
我在家裡總是像光輝般被寵愛著
如同我從純淨的雪中得到靈感，從潔白的雪球中
　　得到善意
**

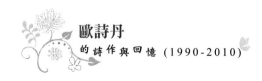

節慶裡的相互問候，父親、母親和叔叔阿姨們……
一到國小下課時間，我顧不得頭上綁著緞帶也要
　　跳繩
也會特地抬起頭望著豔陽和朵朵雲彩
一邊覺得生命像是握在手中的線團般隨時可能
　　消失
一邊為卡通裡的兩隻小老鼠能逃離大壞貓的魔掌
　　而祈禱
**
孩子們熱衷搭里亞遊戲勝過捉迷藏、公寓花園裡
　　的五石遊戲
好吃的野橄欖、苦杏仁餅乾
孩子們尊敬長輩，長輩們愛護晚輩
還有童星、便宜的尼龍玩偶和會發出叫聲的塑膠
　　娃娃……
2007年的節慶雖有其樂趣，卻遠不及70年代冰
　　棒、炭爐的好滋味
當黑夜離去白天到來，我知道　這就是節慶

　　歐詩丹，2007年12月19日於安卡拉　安那特彼

6

GÜN BAYRAM..., 1970'lerin bayram heyecanıyla yoğrulmuş ve o tarihlerdeki küçük bir kızın babasıyla Ankara'nın Anıttepe semtinde geçirdiği hoş anılara dönük bir nostalji.

GÜN BAYRAM

Bu an, bu şiir nereden geldi ki aklıma
Yine bir bayram öncesi, babamı özlüyorum
Annemden gizliyorum gözyaşlarımı, bilmesin
Tazeleniyor vefa, kolonya ikramı anlarda
**

Babamla, derya sineması, lunaparkı bölüşürdüm
Koz, susam, kağıt helvalarına takılmış tadım
Yuvamda bir nur gibi sevilmişim
Kardan ilham olmuşum, kartopundan iyi niyet
**

Bayramlaşmalar, anne-baba, amca-teyzeler...
Hürriyet İlkokulu teneffüsünde ip atlarken kurdela endamına inat
Güneşe bakıp, imece bulutlara vakit ayırmışım
Hayat yumak elde
Bıcırla gıcıra taraf olmuşum tırmığa nispet
**

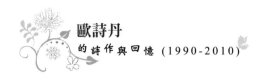

歐詩丹
的 詩 作 與 回 憶 (1990-2010)

Saklambacı gizler dalyalar, beş taş apartman bahçelerine
İğde, acı badem kurabiyesi var
Saymak büyükleri sevmek küçükleri
Var çocuk kahramanlar, bebekler naylon, ninnili...
Yenildiğinde 2007'nin lezzeti, 70'lerin frukobuz soba keyfine
Akşamlar sabaha erer, bilirim gün bayram.

ÖZDEN & Anıttepe-Ankara / 19 Aralık 2007

6

THE DAY IS BAYRAM involves the excitement felt during bayram (a festival, holiday) during the 1970s and reminisces about the pleasant memories a young girl from the district of Anıttepe in Ankara has of her father during that period.

THE DAY IS BAYRAM

Why this poem comes into my mind
Once again before a festive Bayram, missing my father
Hiding my tears from mother, for her not to see
Greetings renewed over and again, at moments refreshments served
**

With my father, I used to share visits to the Derya Cinema and
    the Luna Park
The tastes of different kinds of halva still lingering
Loved as radiance in my home
Inspired by snow, the good-will of a snowball
**

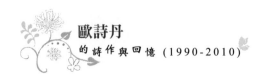

Exchanging bayram greetings; mothers-fathers, brothers-sisters...
In spite of the ribbon in my hair, skipping rope during the lunch
   break of Hürriyet Primary School
Looking at the sun, making time for collaborating clouds
Life as a ball of thread in one's hand
Siding with Pixie and Dixie in spite of Mr. Jinks the cat
**
Dahlias hiding hide-and-seek, the children play five-stones in the
   courtyard
Oleaster, cookies made of bitter almond
The young respecting the elderly –the elderly loving towards the
   young
Child-heroes are real, plastic dolls, lullaby...
When the 2007's taste is won over by the joy of the 70s "ice-cycle"
   and "warmth of the stove"
Dusks turning into dawns, I know the day is Bayram.

                    ÖZDEN & Anıttepe-Ankara / December 19, 2007

7

四月三十在塞拉耶佛，這首關於土耳其國父凱末爾
（Mustafa Kemal Atatürk, 1881-1938）的詩，是作者在
塞拉耶佛，2006年四月三十那一天，遨遊土耳其藍般的
詩歌之旅中撰寫的。這個詩歌的世界中，當然有許多值
得駐足之地，但是在這首詩的框架下，只足夠提起少數
幾位土耳其詩人。

淺嘗即止的、僅僅只有四十六年的短暫人生，對於Cahit
Sıtkı Tarancı（1910-1956）而言只是「鏡子」的碎片、
就像是手足的慰藉一般。另外，在Tarancı的「鏡子」之
中，人生就像一眼瞥過般短暫，是一剎那。在他短暫的
一生中，充滿著他對母親以及凱末爾的無盡思念。

Behçet Kemal Çağlar（1908-1969）藉由「哭吧我的眼，
哭吧！讓淚水化為言語」，對土耳其國父凱末爾唱著發
自內心的輓歌。

Faruk Nafiz Çamlıbel（1898-1973）提到凱末爾時用「將
閃電收集到手心。」來比喻在解放戰爭（1919-1922）
年間，國土岌岌可危之際，凱末爾將四分五裂的地方武
力，飛也似地集合在一起。

Fazıl Hüsnü Dağlarca（1914-2008）讚揚凱末爾時，在
〈偉大的客人〉詩中向著大海的浪濤呼喚道：「看啊！
那土耳其一口氣躍過四千年的路！」。

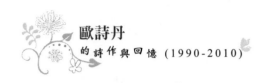

> 詩的盛宴，在土耳其和波士尼亞赫塞哥維納，那漾著土
> 耳其藍的河川啟發下持續著……
> 之後我們想起了Attila İlhan（1925-2005）的詩〈Aysel
> Git Başımdan〉。每個女人在愛人的眼中也許都是
> 「Aysel」。

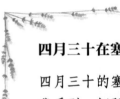

四月三十在塞拉耶佛

四月三十的塞拉耶佛，跟著Tarancı
我看到一個孤單靈魂的境遇
淺嘗即止的痛苦人生停止在四十六歲
及剎那間在鏡中看到思念的母親幻影
**

接下來是Çağlar對凱末爾的思念
「他展望未來之際也回顧過去。」……
對Çamlıbel而言他是民族之聲
當Dağlarca向著大海的浪濤呼喚時
**

之後我讀了İlhan的〈Aysel〉
我眼中浮現獻詩者的影像，在那很久以前……
我在雛菊園中恣意飛揚的頭髮
我熱戀著開滿銀蓮花的Muratoba
**

我被愛調教
擁抱歷史與它的光輝
當眼界從數量變成質量時，或許我也成熟了
隨著那些奉獻心力給祖國的人們，我也
成為珍惜我那棉花糖天空的人之一
起源於邊境　有著土耳其藍的河
在Mostar, Zenica, Tuzla的每一刻

　　　　歐詩丹，2006年4月30日於塞拉耶佛

7

SARAYBOSNA'DA NİSAN 30..., ile Türk şairlerin Mustafa Kemal Atatürk (1881-1938) için yazmış olduğu şiirlerle, Saraybosna (Sarajevo)'da 30 Nisan 2006 günü turkuaz renkli bir şiir yolculuğu yapılır. Bu şair dünyasında birçok durak vardır aslında uğrayacak; fakat bu şiirde, sadece bir kaç tane Türk şairi anılabilmiştir ancak.

Tadımlık denecek kısa bir hayat sürerek kırkaltı yaşında ölüme yakalanan Cahit Sıtkı Tarancı (1910-1956) için bir 'ayna' parçası, bir kardeş tesellisi gibidir. Dahası Tarancı'nın bu aynasında, insan yaşamı göz ucuyla bakıp geçme süresi kadar kısadır, bir lahzadır. Bu kısa yaşamına, hem annesine hem de Atatürk'e olan yüce özlemini sığdırmaya çalışır Tarancı.

Behçet Kemal Çağlar (1908-1969), *"ağla gözüm ağla, yaşlar dil olsun"* diyerek içli bir ağıt adar Atatürk'e.

Faruk Nafiz Çamlıbel (1898-1973), Mustafa Kemal'e atfen *"topladı avucuna yıldırımı şimşeği"* der; ve böylece O'nun Türk Kurtuluş Savaşı (1919-1922) yıllarında vatan sürüklenirken bir uçurumun ucuna, dağılan kuvvetleri avucuna topladığına işaret eder.

Fazıl Hüsnü Dağlarca (1914-2008), "Büyük Misafir" adlı şiirinde, Atatürk'e olan övgüsünü *"kırk asırlık yolu bir*

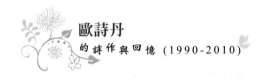

hızda alan Türk'ü görün" diye Bahr-i Muhit'in köpüren dalgalarına seslenerek haykırır.

Sonra yine devam edilir şiir ziyafetine, Türkiye ve serhat boyu Bosna'nın turkuaz renkli nehirlerinin ilhamıyla…

Attila İlhan (1925-2005)'ın "Aysel Git Başımdan" şiiri hatırlanır. Her kadın bir "Aysel" dir belki de sevdiğinin nazarında.

SARAYBOSNA'DA NİSAN 30

Saraybosna'da Nisan otuzda, Tarancı'yla
Gördüm bir yaban bedenin halini
Tadımlık acı hayatı kırkaltısında
Yansısıyla lahzan aynaya anne özlemi
**

Bir demde Çağlar hasreti
'*Yarını görürdü düne bakardı*' derken Mustafa Kemal'den…
Çamlıbel'de '*bir milletin sesi'ydi*
Hayıflanırken Dağlarca, Bahr-i Muhit'in köpüren dalgasına
**

Okudum Aysel'ini İlhan'ın sonra
Bana adayanın hayali gözümde, eskilerde...
Papatya tarlasında asi uçuşurken saçlarım
Muratoba dolusu anemon sevdasındaydım
**

Sevgiyle terbiyelendim
Tarihleri kucakladım cevheriyle
Nicelikten niteliğe bakışlarla, olgunlaştım belki de...
Armağan edenlerle emeğini vatana, ben de
Kıymet bilenlerden oldum pamuk şekeri göklerimin
Serhatinde doğan turkuaz nehirlerin
Mostar, Zenica, Tuzla'sıyla an be an.

ÖZDEN & Saraybosna / 30 Nisan 2006

7

With the poem **APRIL 30TH IN SARAJEVO**, we take a turquoise-colored trip —on 30 April 2006 in Sarajevo— with the poems of several Turkish poets about Mustafa Kemal Atatürk (1881-1938), the founder of the Turkish Republic in 1923. There are many luminaries in the world of Turkish poetry; this poem, however, mentions only a few. For Cahit Sıtkı Tarancı (1910-1956), who lived a solitary life and died at the young age of forty-six, a piece of a 'mirror' was like the comfort of a brother. Furthermore, in this mirror, human life is as short as the blink of an eye; an instant. Tarancı tries to fit his longing for both his mother and Atatürk into this short life.

Behçet Kemal Çağlar (1908-1969) dedicated a lament to Atatürk: "cry, my eyes, cry; may my tears become words".

Faruk Nafiz Çamlıbel (1898-1973) refers to Mustafa Kemal as "the bolt of lightning he gathered in his hand", thereby indicating how he took the scattered forces in hand when the nation was balanced on a knife-edge during the years of the Turkish War of Salvation (1919-1922).

Fazıl Hüsnü Dağlarca (1914-2008), in his poem entitled "Great Guest", even invokes the big sea waves of the *Bahr-i Muhit* in order to show his praise for the great guest—

歐詩丹
的詩作與回憶 (1990-2010)

Atatürk- by saying: come and "see the Turk who has sped through a 40 centuries' long road".
Inspired by the turquoise-colored rivers of Bosnia and Herzegovina, the poet continues the banquet of poetry…
Remembering <u>Attila İlhan (1925-2005)</u>'s poem "Aysel Stay Away From Me (Aysel is the name of the loved girl in İlhan's poem)"; probably every woman is "Aysel" in the eyes of their loved one.

APRIL 30th IN SARAJEVO

On April 30th in Sarajevo, with Tarancı
I saw the state of a lonely soul
A short life of pain at the age of forty-six
With the reflection in the glinting mirror of a longing for his mother
**

Çağlar's yearning for in one breath
While reciting *"see the future look at the past"* in remembrance
    of Mustafa Kemal…
As Çamlıbel, M.Kemal was *'the voice of a nation'*
While Dağlarca is wailing at the frothing waves of the *Bahr-i Muhit*
**

I have then read İlhan's "Aysel"
The image of my devotee front of me, in the past…
Whilst my hair tossed freely in the daisy field
I was passionate for Muratoba full of anemone
**

076

I have been disciplined with love
I have embraced times in their substance with all its glory
With looks from quantity to quality, I have matured...maybe
With those offering devotion to their country, I too
Have become of those who cherishes my cotton-candy skies
Turquoise rivers born at its edge
Each second of Mostar, Zenica, Tuzla.

ÖZDEN & Sarajevo / April 30, 2006

8

難搞先生，是描述一個女子發現自己的前男友，交往了一個比自己年輕的女孩，而寫下的幽默詩句。難搞先生，是一個有著詩人靈魂的男子，而女子以他為榜樣也開始寫詩。

難搞先生

你找了個比我年輕的女人　但
我占據了你的青春
左修　右剪
把它做成了詩
由你詩人的聲音中找到了模式
而我成為了你
你之中的你
**

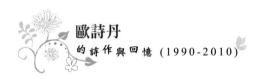
你也說「你和我」
只要一次
說「你」
愉悅是你
詩人是你
而詩中的也是你
難搞先生

歐詩丹，2007年9月13日於安卡拉‧安那特彼

8

ZOR BEY..., bir kadının, kendisinden daha gencini bulan
eski erkek arkadaşına esprili bir uslupla seslendiği bir şiir.
Zor Bey şair ruhlu bir erkek; ve kadın da, Zor Bey'in bu şair
yönünü kendine örnek alarak şiirler yazmaya başlıyor.

ZOR BEY

Sen gencimi buldun ama
Ben gençliğini tuttum
Kırptım kırptım
Şiir yaptım
Şair sesinden desen oldum
Bir de, sen oldum
Sende sen
**

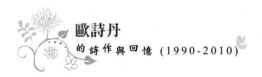
Sen ve ben, bir desen
Ah bir de sen
'Sen' desen
Şen de sen
Şair de sen
Şiirde sen
Zor bey.

ÖZDEN & Anıttepe-Ankara / 13 Eylül 2007

8

ZOR BEY – MR. DIFFICULT..., is a poem in which a woman addresses her ex-boyfriend, who has found someone younger than her, in a teasing and lighthearted manner. Mr. Difficult is a man with a soul of a poet; and the woman takes this side of Mr. Difficult as an example and starts writing poems.

MR. DIFFICULT

You found someone younger than me, but
I have captured your youth
By trimming it here and there
I made a poem
Taking your poetic voice as an example
And, I have become you
You, and only in you
**

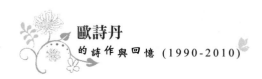
You, too, say *"you and I"*
I wish, only once,
Oh say *"you"*, also you
You the joy
Also the poet
You, in the poem
Mr. Difficult.

ÖZDEN & Anıttepe-Ankara / September 13, 2007

9

Cafer寫給伊斯坦堡的女人，描述名叫Cafer的青年，深愛一名大他五歲的女子，卻由於沒能及時說出他真實的情感，女子因而失去希望、放棄了對Cafer的感情嫁給另一個男人。詩人並不知道Cafer所深愛女子的名字，只知道她是「伊斯坦堡的女子」。然而，詩人目睹了婚禮的消息如何帶給Cafer沉痛的打擊；不禁惋惜「原來愛情也會這樣消失」。這首詩是詩人用Cafer的口吻所撰寫出的作品。

Cafer寫給伊斯坦堡的女人

為何我心深處仍隱隱作痛
是因為人太晚領悟到他的錯誤
還是因為失去而傷痛，無解
不能說是我的錯或者原因就是錯的人
**

我不認為這是我第一次嘗到愛情的滋味
但我也不敢說我這樣子愛過了好多次
也許不知不覺中，是她的遙不可及俘虜了我
這是一種神祕的感覺，但是毫無疑問是我輸了
**

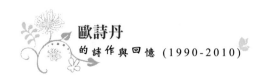
想了很久　結論出來了
你只能愛或不愛一個人　而沒有灰色地帶
我一點都不想知道我為什麼愛　相信我
我只難過我自己感受不到也沒能讓你感受到愛
**

我千百次地對自己憤怒
在你之前我就應該要和別人歷經那些錯誤和後悔
應該是其他人　時而記起時而遺忘
永恆應該屬於我們，你和我
**

你無法了解我渴望你的愛
我埋怨雙腳，沒帶我走向你的城市
我氣我的舌頭，沒有說出我對你的感覺
不過它們也想不到你會走向另一個人
**

如今連我的詛咒中也提到妳的名字
只是為了妳能離開他，回到我的身邊
我什麼都接受，只要你是我的
沒有你的日子對我太沉重
我的心情感到寒冷，沒有你我好貧窮
我好想你　伊斯坦堡的女子

歐詩丹，1997年1月12日於安卡拉

9

CAFER'DEN İSTANBUL'DAKİ KIZA..., Cafer isimli bir gencin, duygularını açığa vuramadığı ama gerçekte sevdiği ve kendisinden beş yaş büyük olan bir genç kadının, ondan ümidi kesmesi nedeniyle başka bir erkekle evlenmesi konusu üzerine yazılmış bir şiirdir. Şaire, Cafer'in beğendiği kızın adını bile bilmez, sadece "İstanbul'daki kız" olarak tanır. Ancak, genç adamın bu evlilik haberiyle nasıl üzüldüğüne şahit olur; ve "demek ki sevgiler bazen de böyle yitirilir" diye hayıflanmaktan da kendisini alıkoyamaz. Şiir, Cafer'in bakış açısından İstanbul'daki kıza atfen kaleme alınır.

CAFER'DEN İSTANBULDAKİ KIZA

Hayrettir kalbim hala sızlıyor derinden
Bu insanın hatasını geç anlamasının mı
Yoksa kaybetmenin acısı mı, bilinmez
Benim yanlışım veya yanlış insan buna sebeptir de denemez
**

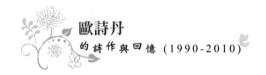

歐詩丹
的 詩作與回憶 (1990-2010)

Sevgiyi ilk kez tattığımı sanmıyorum
Bir çok kereler sevdim böylesine de diyemem
Belki ulaşılmazlığı beni esir ediyor ona, farketmeden
Esrarlı bir duygu bu, ama apaçık kaybettiğim
**

Çok düşünmüş ve sonuca varmışımdır
Bir insanı ya seversin ya da sevmezsin ortası yoktur diye
İstemedim 'niye'sini bulabilmeyi sevgimin inan
Yaşayamadığım ve yaşatamadığıma yanıyorum sadece
**

Kızıyorum kendime bin kere
Hata ve pişmanlıkları yaşamış olmalıydım senden önce birileriyle
Başkaları olsaydı ara sıra hatırlanan ve unutulan yeniden
Ebedi olan biz olmalıydık, sen ve ben
**

Bilemedin sevgine talipliğimi
Şikayetim var ayaklarımdan, sürümediler beni şehrine
Dargınım dilime, söylemedi diye hislerimi
Ama onlar da bilemezlerdi ki senin başkasına gideceğini
**

Beddualarımda bile anıyorum adını şimdilerde
Ama sadece ayrılasın, bana geri dönesin diye
Herşeye razıyım, yeter ki benim olsun diyorum
Ağır geliyor bu sevgisizlik bana
Üşüyor duygularım, fakirim sensiz
Özlüyorum seni İstanbuldaki kız.

ÖZDEN & Ankara / 12 Ocak 1997

9

FROM CAFER TO THE GIRL IN ISTANBUL is a poem based on a story where a young man named Cafer cannot reveal his true feelings for a woman five years older than himself, who he really likes. The woman marries another man as she has lost all hope of him. The poet does not even know the name of the girl that Cafer likes, referring to her as "the girl in Istanbul". However, the poet sees how he is saddened by the news of this marriage and the poet cannot stop herself from reflecting sadly that "this is how some love affairs are destined to end". The poem is written from the perspective of Cafer, addressed to the girl in Istanbul.

FROM CAFER TO THE GIRL IN ISTANBUL

It's no wonder that my heart still aches from deep within
For it being too late for this self to realize its fault
Or is it the pain of losing, no one can tell
Nor can it be said that my mistake or the wrong person is the cause
**

I do not think this is the first time that I have tasted love
Nor can I say that I have loved like this many times
Probably it is her un-attainability that binds me without her noticing
A mystic feeling this, but clearly lost to me
**

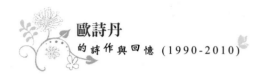
I have thought it over and reached a conclusion:

A human being either loves or does not, there is no halfway

Believe me I didn't want to find out the *why's* of my love

I only regret that I was not able to live or let live

**

Angry at myself a thousand times

I should have experienced mistakes and remorse with others
    before you

If it were others yet again remembered and forgotten now and then

We should have been eternal, you and I

**

You could not recognize my desire for your love

I object that I was not dragged from my feet to your city

Angry at my tongue for not relaying how I felt

But who could have guessed that you would find another man

**

Even in my grief I still mention your name

Wishing only that you break up, and come back to me

I am ready for anything, if only you would be mine

I can't bear life without love

My feelings cold, I am poor without you

I miss you, girl in Istanbul!

ÖZDEN & Ankara / January 12, 1997

10

獻給松鼠心，這首詩是寫給那些和快活的松鼠一樣，擁有學習熱誠和奮力探索人生的人們。

在詩中，即使將被命名為Bengisan Selenge的孩子沒有出生，作者把那些松鼠心（特別是他的學生）當作自己的孩子般看待，在飛向彼岸之前（死亡前），以軟硬兼施的方式傳授那些年輕人知識和倫理。

詩的開頭，援引土耳其小說家Mithat Cemal Kuntay（1885-1956）後來被改編為電視劇的著名作品《三個伊斯坦堡》（*Üç İstanbul*）中Adnan, Süheyla和Belkıs三個人物。這部小說中，攻讀法律而且愛好寫作與文學的年輕人Adnan，對一位部長的女兒，同時也是他文學課家教的女孩Süheyla萌生好感。對Adnan也懷著純潔感情的Süheyla擁有幾乎和褐雨燕一般崇高的人格，同時是個喜愛閱讀、有教養的女孩。但是Adnan之後遇到了有著誘人美貌的現代女性Belkıs。很快地，他就被Belkıs的外表和燕鷗般曼妙身材所擄獲了。

開始當律師的Adnan愈來愈有名、愈來愈有錢，並且和與丈夫離婚的Belkıs結婚。與Belkıs的婚姻雖然沒有給他帶來快樂，但是所有這些事件，促使人們思考該如何找到真正的快樂或「值得得到多少快樂」之謎。

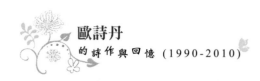

此外人們——就像風吹雨紛飛——在與愛人相聚之時，本應留下幸福的眼淚，卻因為他們鵝耳櫪（carpinus）般頑固的野心而徒然落淚。然而，人們應該要重新發現童年中的刺槐回憶以及當年的單純，並且追求帶來真正快樂的相聚。

另外，如同八世紀位於中亞的天突厥鄂爾渾石碑上所述，自「上有藍天，下有黝黑的大地」被創造以來，「民族、國家和倫理」應該被視為神聖的回憶。

獻給松鼠心

我們值得多少痛苦或者人值得多少幸福
如果我們不珍惜那接下紅色旗幟時的崇高情感
就像選擇Belkıs而捨棄Süheyla的Adnan一樣
如果我們拿了燕鷗和褐雨燕來比較
**

尚未重新發現童年中的刺槐回憶之前
冷峻的東風也無法遏止鵝耳櫪的野心
如同在風中紛飛的雨
如果我們犧牲了相聚時流下的淚水
**

然而
即使我們沒有讓雪下在沙漠上的豐功偉業
即使叫做Bengisan Selenge的孩子沒有出生
上有藍天，下有黝黑的大地被創造時
我們應該要能說我們了解國土和民族的神聖
**
懷念愛人不是為了自尋煩惱而是為了忠貞
我軟硬兼施的態度是為了你
不是由於你的外在
在飛往彼岸之前，為了你的知識和倫理
如果你是我的孩子
也這樣去懷念我吧

歐詩丹，2006年3月10日於塞拉耶佛

10

SİNCAP KALPLERE..., keyfi yerinde bir sincap gibi öğrenme ateşi ve yaşam telaşıyla çırpınan tüm genç kalplere atfen yazılmış bir şiirdir. Şiirde yazar, Bengisan Selenge adını koyacağı bir evladı hiç doğmasa da, sincap kalpleri (özellikle öğrencilerini) kendi evladı gibi görmekte ve öteye uçup gitmeden (ölmeden) önce, bu gençlere bilgi ve töre adına tavsiyelerini tatlı-sert bir tavırla aktarmaktadır.

Şiirin başında, Mithat Cemal Kuntay (1885-1956) isimli bir Türk romancısının ünlü Üç İstanbul romanındaki "Adnan, Süheyla ve Belkıs" karakterlerine gönderme yapılmıştır. Daha sonra TV dizisi de olan bu romanda, hukuk öğrenimi görmekte olan Adnan yazarlık ve edebiyata gönül verdiği gençlik yıllarında kendisine özel edebiyat dersi verdiği ve bir nazırın kızı olan Süheyla'ya ilgi duyar. Adnan'a karşı temiz duygular besleyen Süheyla, adeta ebabil kuşu gibi ulvi bir kişiliğe sahiptir; okumaya düşkün ve görgülü bir genç kızdır. Ancak Adnan sonra, güzelliği ile büyüleyen, havalı ve modern bir kadın olan Belkıs'la karşılaşır. Kısa zamanda Belkıs'ın dış görünümüne, sumru endamına kapılır.

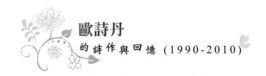
Avukatlığa başlayan Adnan, ünlenir zenginleşir; ve eşinden boşanan Belkıs ile evlenir. Belkıs'la olan evliliği ona mutluluk getirmese de, tüm bu olaylar, insanların nasıl gerçek mutluluğu bulacaklarına ya da "kaç *mutluluk-luk* insan" olduklarına dair bir gizemi de beraberinde düşündürür.

Ayrıca insanlar, -tıpkı bir rüzgarın yağmurun yağışını eğriltmesi gibi-, normalde mutlu vuslatlarında akıtmaları gereken sevinç gözyaşlarını, *carpinus* misali olan acımasız hırslarına feda etmektedirler; hırsları için gözyaşı dökmektedirler. Oysaki insanlar, çocukluklarındaki akasya anılarını ve saflıklarını yeniden keşfetmeli, mutluluğa kavuşturan vuslatlar için çabalamalıdırlar.

Dahası, Ortaasya'daki Göktürkler'in 8. yüzyıldaki Orhun Yazıtları'nda belirtildiği *üzere üstte gök, altta yağız yer* varolduğu müddetçe, millet, il (devlet) ve töre aziz birer hatıra olarak bilinmelidir.

SİNCAP KALPLERE

Kaç acıyız biz ya da kaç *mutlulukluk* insan
Al sancağı teslim alırcasına yüce sevgimize
Belkıs'ı Süheyla'ya tercih eden Adnan gibi
Sumru ile ebabil kıyaslaması yaptıysak eğer
**

Çocukluk anımızdaki akasyayı yeniden keşfedemeden
Gündoğusu esintisi ile dizginlenemeyen carpinus-vari hırsımıza
Rüzgarda yağmurun eğri yağması misali
Vuslatta akacak gözyaşımızı feda ettiysek eğer
**
Oysaki
Çöllere kar yağdıracak başarımız olmasa da
Bengisan Selenga adında bir can (ım) doğmasa da
Üstte mavi gök, altta yağız yer kılındıkta
Vatanı ve milleti aziz bildik diyebilmeliyiz
**
Sevgiliyi anmak da dert değil, vefadan olmalı
Tatlı-sert hallerim de senin için
Gözün kaşın değil
Uçup gitmeden öteye, *tören bilgin* için
Evladımsan eğer
Sen de beni böyle bil.

ÖZDEN & Saraybosna / 10 Mart 2006

10

TO SQUIRREL HEARTS..., is a poem about all young
people with hearts that beat with the excitement of life and
as much desire to learn as a carefree and happy squirrel.
Although the poet does not have a child, a daughter - if she
had, she would have named her "Bengisan Selenge" –she
imagines all squirrel hearts (especially those of her students)
to be her children and before she flies away (dies), she gives
advice to these young people on knowledge and custom in a
bittersweet way.
At the beginning, the poem refers to the characters "Adnan,
Süheyla and Belkıs" of the famous novel "Üç İstanbul (Three
Istanbuls)" by Turkish novelist Mithat Cemal Kuntay (1885-
1956). This novel, later serialized for television, is about
a law student by the name of Adnan, who during the early
years of his life when he devoted himself to literature and
becoming an author, started to show interest in Süheyla,
the daughter of a minister, to whom he was giving private
lessons in literature. Süheyla, who has pure feelings for
Adnan, is as sublime in character (as the miraculous ebabil
bird), a young girl who is well-bred and loves to read.

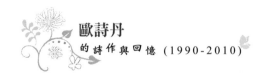

However, Adnan later encounters Belkıs, a modern woman of enchanting beauty; and in a short time falls for her appearance and fragile (sterna hirundo) figure.

Ending up as a lawyer, Adnan becomes rich and famous and marries Belkıs, who has divorced her husband. Although he does not find happiness in this marriage, all that has transpired makes one think of the mystery of how people find real happiness or "how much *happiness*" they deserve in their lives. Moreover, just as the oblique rain in the wind, people waste their tears of happiness (which, in normal circumstances, should have been reserved for happy reunions) on their ambitions harsh as a hornbeam tree. On the contrary, mankind should re-discover the acacia memories and the innocence of its childhood as well as seek for the reunions that will unite them with happiness.

In addition, one should know the values of nation, country (state) and custom, divine as *the sky above, the earth below* (as expressed in the old Turkic Orkhun Scripts written by the Göktürks of Central Asia in the 8th century).

TO SQUIRREL HEARTS

How many sadnesses are we or how much happiness
If we did not appreciate our great love as the receiving of the red flag
And just like Adnan, who chose Belkıs over Süheyla
If we have made an analogy between sterna hirundo and the ebabil bird
**

Without re-discovering the acacia of our childhood memories
Our ambitions like the hornbeam tree unleashed with the eastern
    breeze
As the oblique rain in the wind
If we have sacrificed the tears that will be shed on our reunion
**

Whereas
Although we do not have the success to create a blizzard in the desert
Even unborn, my daughter by the name of "Bengisan Selenge"
As is the blue sky above, the earth below
We should have come to recognize our country and our nation as
    sacred
**

Commemorating love is also no sorrow; it must be out of loyalty
My bittersweet manner is also for your benefit
Not for mere selves
Before I fly away, for your knowledge and custom
If you are my children
This is how you should remember me.

ÖZDEN & Sarajevo / March 10, 2006

11

林懷民的聽河與瑟宮，作者在2010年3月27日星期六前往台北中正文化中心欣賞了林懷民結合數位聲光效果所創作的《聽河》舞劇。

台灣作家、編舞家林懷民在這齣舞劇中以河流為場景，舞者們扮演「浪花、波浪、魚」等角色……舞劇中也採用了許多國內外知名的音樂作品，其中包括土耳其的著名作曲家瑟宮（Adnan Saygun, 1907-1991）的作品；瑟宮是土耳其有名的作曲家和管弦樂團指揮，他還創作了許多西方古典樂風的作品。

在台灣聽到瑟宮的作品，讓本詩的作者感到份外地喜悅和驕傲。她在欣賞表演時、觀眾席昏暗的燈光下，即已動筆寫下這首詩，以〈林懷民的聽河與瑟宮〉記下當天的感動。

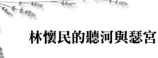

林懷民的聽河與瑟宮

昨天，週六
我還聆聽著河的聲音
林懷民

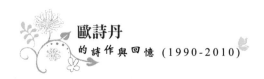
使瑟宮的音符再次跳躍⋯⋯
使人們感受到無比喜悅
舞者如同浪潮般一波一波湧現
如同伴侶親吻過孩子般的甜蜜滋味
**

一個個呈現著波浪起伏的身軀
一首首尖銳的情歌
搖曳在河絢麗的裙擺中⋯⋯
我是歡欣雀躍的，手中的筆如同守衛般徹夜陪伴
忍不住提筆寫下這首詩
新月為河水注入新生命
就在距離我僅僅幾步的前方
**

今天，週日，則是全然不同的一天
前一天的甜蜜已逐漸消逝
我思索著生命的表象與內在
試圖了解生命究竟是什麼⋯⋯
今天我的魚死了，莊嚴地
大概是為了不讓我難過吧
牠留下了22個新生命

歐詩丹，2010年3月28日星期日於台北

11

Yazar, Hwai-min Lin'in dijital sanattan yararlanarak koreografisini hazırladığı "Listening to the River (Nehri Dinlerken) " ini izler 27 Mart 2010 Cumartesi günü Taypey'de Chiang kai-shek Kültür Merkezi'nde. Tayvanlı koreograf ve yazar Lin bir nehri sahneler. Dansta rol alanlar, adeta "köpük, dalga, balık" tır... Birkaç yabancı müzik sanatçısının eserine de yer verilir bu dans sunumunun müzik repertuarında. Bunlardan biri, ünlü Türk bestecisi, orkestra şefi ve klasik Batı müziği tarzında birçok yapıt vermiş olan Adnan Saygun (1907-1991)'dur.

Saygun'u Tayvan'da dinlemek, ayrı bir mutluluk ve gurur kaynağı olur bu şiirin yazarı için. Şairin, dans gösterisi sırasında yarı karanlıkta mısralar dökülür kalemine; ve Lin'in Nehri ve Saygun isimli bu şiiri yazmaya başlar bile o günün anısına.

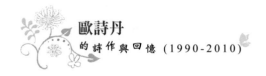
LİN'İN NEHRİ VE SAYGUN

Daha dün, Cumartesi
Nehrin sesine kulak vermiştim
Hwai-min Lin
Adnan Saygun'dan seslendirmişti...
İnsanlar didar ve dilaraydı
Gösteri, sofraya seyiren tabaklar gibiydi
Eşlerin damağına sızan çocuk lezzetinde
**

Dalga dalga vücutlar
Tiz serenatlar
Nehrin fenerli eteğindeydi...
Şendim, kalem nigahbandı geceme
Şiirimi yazmaya başlamıştım bile
Hilal suya filiz vermekteydi
Birkaç adım ötemde
**

Pazar ise bambaşka bir gün
O tatlı anım sızarken anılarıma
Zarfı ve mazrufu düşünüyorum
Tartıyorum hayatı...
Bugün balığım öldü, vakurdu
Ardından üzülmemem için herhalde
Yirmi iki tane minik neden bıraktı.

ÖZDEN & Taypey / 28 Mart 2010 Pazar

11

The writer watched Hwai-min Lin's "Listening to the River" in Taipei, at the Chiang kai-shek Cultural Centre on Saturday, March 27, 2010; its choreography was prepared with the aid of "digital art". The Taiwanese choreographer and writer Lin staged a river. The dancers represented "foam, waves and fish…" Its musical repertoire included the work of several foreign musicians. Amongst them was the famous Turkish music composer and orchestra conductor Adnan Saygun (1907-1991) who produced many musical compositions in Western classical style.

To be able to listen to Saygun in Taiwan was a different source of happiness and pride for the writer of this poem. During the performance, in the semi-darkness, words poured from the poet's pen; she had already started to write the poem "Lin's River and Saygun" in memory of that day.

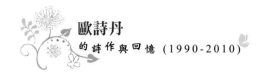
LIN'S RIVER AND SAYGUN

Just yesterday, on Saturday
I had listened to the sound of the River
Hwai-min Lin
Giving place to Adnan Saygun's music…
The people were face and beloved
The movements were like plates whirling towards the table
In flavor of a child at the buds of its parents
**

Waves of bodies
Treble serenades
It was at the lantern skirts of the river…
I was festive; the pen a guard of my night
I had already begun to write my poem
The moon sprouting to the water
A few steps ahead
**

Sunday, on the other hand, is a totally different day
While that sweet recollection seeped into my memories
Thinking of the envelope and its content
Weighing life...
Today my fish died, solemnly
Probably did not want me saddened for its loss
Leaving behind twenty-two tiny reasons.

ÖZDEN & Taipei / March 28, 2010 Sunday

12

有別於土耳其和台灣，是作者2010年在台灣時提筆寫下的。作者覺得置身在台灣恬淡、自然的環境中，與熱心助人的台灣人相處是很幸福的。

當她感受到寧靜是多麼地珍貴時，聯想起她2004-2006年間待過、非常喜愛的波士尼亞赫塞哥維納，以及那些與世無爭、愛好和平且真誠的波士尼亞人們。

淚水模糊了視線⋯⋯因為她想起了1992-1995年間發生在歐洲波士尼亞慘絕人寰的戰爭場面；那些日子，為波士尼亞留下了無法抹滅的創傷，讓人不禁希望「但願這場悲劇從不曾發生！」

有別於土耳其和台灣

從這裡看去似乎不同　波士尼亞
有別於土耳其和台灣
我也不知從何說起
比方說看起來很純樸
而且很溫馨
你應該去看看
應該親身體會
**

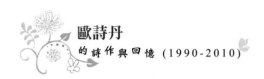
不是說我們非得知道不可
但因為我知道才告訴你們
波士尼亞綠意盎然
純樸不假雕飾
毫無疑問地
對你永遠敞開雙臂歡迎
決不讓你失望
**

請不要傷害波士尼亞，別叫她受苦
如果你是真正的勇者
不要動用武力去傷害她的人民
別叫他們屍橫遍野
因為他們根本不懂得什麼叫做憎恨
夠了！不准碰我的波士尼亞
他們所懂得的是百合花、鬱金香以及土耳其藍色的河流
還有我，愛護她的人，而不是你

歐詩丹，2010年2月27日於台北

12

Yazar Tayvan'dadır bu şiiri kalem aldığında, 2010'da. Tayvan'ın o sakin, yardımsever ve tabiatla içiçe yaşayan insanları arasındadır, mutludur. Huzurun ne kadar değerli olduğu çağrışımı, yazarın aklına, o çok sevdiği ve 2004-2006 yılları arasında yaşadığı Bosna-Hersek'i getirir. Öylesine masum, barışsever ve içten Bosna halkını düşünmeye başlar.

Bir burukluk sarar gözlerini.... Çünkü Bosna Savaşı (1992-1995)'nda Avrupa'nın ortasında, insanlık aleminin gözleri önünde yaşananlar canlanır gözünde. Çünkü o günlerde, "keşke hiç yaşanmasaydı" denecek türden yaralar açılmıştır Bosna'nın yüreğinde.

TÜRKİYE'DEN TAYVAN'DAN BAŞKA

Buradan bir başka görünür Bosna
Türkiye'den Tayvan'dan başka
Bilmem ki
Afif görünür mesela, yavrucak
Sımsıcak
Gidip görmek
Hatır sormak lazım
**

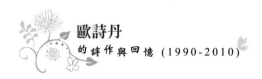

歐詩丹
的詩作與回憶 (1990-2010)

Öğrenelim diye demiyorum
Biliyorum ki de söylüyorum
Yemyeşildir Bosna
Yalındır
Sorgulamaz
Sana kucak açar
Yanıltmaz
**

Darıltma, kırma
Güçlüysen eğer
Fidan gençlerine kıyma silahlarınla
Narin bedenleri serpilmesin toprağa
Onlar nefret nedir bilmez
Dur! Bosnama dokunma
Onlar zambağı, laleyi bilir, turkuaz nehirleri
Beni bilir seveni, seni değil.

ÖZDEN & Taypey / 27 Şubat 2010

12

It was in Taiwan that the writer wrote this poem in 2010, amongst the peaceful, benevolent Taiwanese people who are surrounded by nature; she is happy.

The implication of how important serenity is reminds the poet of Bosnia & Herzegovina, which she loves and where she lived between the years 2004 and 2006. And she starts to think of the candid, peace loving and sincere Bosnian people. Sadness reaches her eyes... Because she remembers the Bosnian War (1992-1995), right in the center of Europe, witnessed by everyone. A wound was then opened in the heart of Bosnia, a tragedy which makes one "wish it never happened".

DIFFERENT FROM TURKEY, FROM TAIWAN

From here, Bosnia seems different
Different from Turkey, from Taiwan
I don't know
Seems so chaste, serene
Very warm
Need to go and see
Ask how they are doing
**

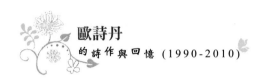

I'm not saying this because we should learn

I'm telling you because I know

Bosnia is evergreen

Plain

Unquestioning

Receives you with open arms

Wouldn't deceive you

**

Don't offend, don't hurt

If you are powerful

Do not kill her tall and slender youth

Prevent their bodies from being scattered on the ground

For they do not know what hate is

Stop! Don't touch my dear Bosnia

Which knows of the lily, of the tulip, of turquoise rivers

Which knows of me who loves her, but which does not yet know
   of you.

ÖZDEN & Taipei / February 27, 2010

13

一句簡單的「你好」並不會太費功夫，但卻能在世界各個角落引起迴響……

作者曾在不同時間待過大不列顛、波士尼亞赫塞哥維納、愛沙尼亞和台灣等地，她在旅居這些國家時主動釋出善意，問候他人，也都得到了對方的回應：她用土耳其語的「selam」、「merhaba」表達問候，得到波士尼亞語「dobar dan」（日安）、「sabah hayrola」（早安）的回應，愛沙尼亞語「tere」（您好）的回應，英語「hello」的回應，在台灣則是「你好」。

傳回安那托利亞的問候

這個問候是不同於一般的，是代表了所有詩的想法
去到波士尼亞，去到了愛沙尼亞
到了大不列顛，也來到了台灣……
那份愛　會來回傳送
傳回安那托利亞。
**

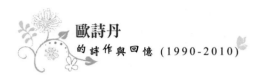
一聲「merhaba」
這個小小的舉動
能遠渡重洋，在各地引起迴響嗎
這份心意會來回傳送呢，還是會留在原處
或者，會讓對方感到親切嗎？
**

在歷史中呢？
你好，hello，dobar dan，tere
早安，或是「sabah hayrola」
也能用「selam」打招呼吧！
願你也平安。

歐詩丹，2010年4月10日於台北

13

Büyük bir uğraş değildir belki 'selamlamak', ama kıtadan kıtaya uzanır yankısı...

Belli aralıklarla Britanya, Bosna-Hersek, Estonya ve Tayvan'da yaşayan yazarın Türkçedeki "selam, merhaba" şeklindeki selamı, bu kıtalararası yolculuk sırasında Bosna'da "dobar dan" ve "sabah hayrola", Estonya'da "tere", Britanya'da "hello" ve Tayvan'da ise "nihao" diye karşılık bulur.

SELAM GELİR ANADOLU'YA

Bu selam başka, şiirine efkarına
Gider Bosna'ya, Estonya'ya
Britanya ve Tayvan'a...
Aşk dönüp gelir
Gelir Anadolu'ya
**

Bir 'merhaba'
Minnacık bir uğraş
Coşar mı kıtadan kıtaya
Gelir mi, kalır mı nidalarda
Yahut sizi ağırlar mı?
**

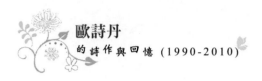

Tarih sever mi?
Nihao, hello, dobar dan, tere
Günaydın, 'sabah hayrola' der mi
Selam eder mi, selam
Aleyküm selam.

ÖZDEN & Taypey / 10 Nisan 2010

13

> Greetings do not cost much effort, but echo from continent
> to continent...
> At various times, the greeting (selam, merhaba) of the writer
> –who has lived in Britain, Bosnia and Herzegovina, Estonia and
> Taiwan– throughout the journey between these continents, was
> responded to as "dobar dan" and "sabah hayrola" in Bosnia, "tere"
> in Estonia, "hello" in Britain and "nihao" in Taiwan.

GREETINGS COME TO ANATOLIA

This greeting is something else, the intention of the poem
Sent to Bosnia, Estonia
Britain and Taiwan...
Love will turn and come back
Back to Anatolia
**

A "hello"
A tiny effort
Will it give joy from continent to continent
Will it come and stay in exclamations
Or would it treat you with distinction?
**

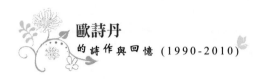

Will it love history?
Nihao, hello, dobar dan, tere
Or say good-morning, "sabah hayrola"
Will they say "selam", merhaba
May peace be also with you.

ÖZDEN & Taipei / April 10, 2010

14

或許在您人生旅途上曾有過內心激昂澎湃、悲喜交集，身旁卻無人可以分享的時刻；也或許在您的生命中只擁有過渺小、短暫的幸福。

作者認為，有兩種人有機會體驗真愛。第一種是猶如土耳其著名作家居特秦（Reşat Nuri Güntekin）《鷦鶯》（*Çalıkuşu*, 1922）這部小說中的女主角菲里德那樣揉合了「固執、活躍、忠誠和純真」性格的人，通常他們的愛情都像傳奇般令人憧憬；另一種人則是會經歷充滿考驗與磨難的愛情，也因此引發人們的共鳴，感到內心澎湃。然而，真實生活中太過濃烈的情感並非好事，幸福是藏在「心境的平和以及有人可以共享情感」之中。

至於造物主和萬物之間的「情感交流」又是全然不同的。本詩作者企圖藉由「安那托利亞（Anadolu）、故鄉（ana dolu）、地中海（Akdeniz）、白色海洋（ak deniz）、黑海、祖國、祖先、母親以及土耳其著名的吟遊詩人費西歐（Aşık Veysel）的〈黑色土地〉（Kara Toprak）一詩」等比喻來表達造物主和萬物間的關係，她認為這是一種「親密」的關係。這種人和大地間的「親密和情感」都是非常珍貴且有影響力的。作者感覺到現代人和大地間「親密和情感」的疏離，因此更加懷念這樣的親密感。因為這個親密的感覺是真實的、詩意的，更是作者詩中靈感的泉源。

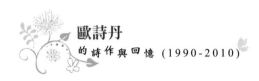
就像作者的詩人好友艾揚（D.Ayan）的贈言，願她在有
生之年不僅繼續徜徉在浩瀚的歷史中，也能持續馳騁在
詩歌創作的原野上。她本人也是如此自我期許著……

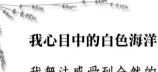

我心目中的白色海洋

我無法感受到全然的快樂
在我的幸福之中有一個地方
有一個地方
總是隱隱作痛
你總是在我心中
有時又消失不見　母親
**
我好像喪失了感受的能力
感覺所做的一切都白費了
內心的煩惱反覆向我襲來，腫脹如同地球般
當雨滴落在肌膚上
讓我想起了你
在我心中　你永遠健康　母親
**

當光線照射在身上
夢想如同黑海般波濤洶湧
我彷彿瞬間化身為吟遊詩人費西歐口中的「黑色
　　土地」
我擁有所有屬於地中海的藍色秘密
或許我並不美麗
但美麗與我同在　親愛的
＊＊

我並不是個懷舊的人
大概是因為這些詩才變得如此
願詩永無止盡，安那托利亞源遠流長
對造物主和萬物的愛源源不絕
啊，要不是有這些詩，要不是有你
要是我不曾察覺到你的存在，我實在不知道
＊＊

我的好友Dursun曾這樣寫道
「請擦亮　土耳其的名字，讓人們徜徉　歷史的
　　浩瀚記憶
繼續奔馳在詩歌的原野上吧！歐詩丹老師」
我很開心，我希望你們能記住這樣的我
無論在世界哪個角落，我希望人們是這樣認識我的
我衷心希望
＊＊

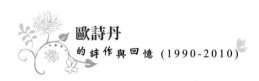

而我在愛情上如同「鶼鶼」
總是等不到童話故事般的幸福結局
帶著破碎的心,尋找靈魂伴侶
也許終究會有這麼一天
只要我還拿得動筆,只要繆思沒有放棄我
我終會回歸故鄉(ana dolu)的懷抱和心目中的
　　白色海洋(ak deniz)

　　　　　歐詩丹,2010年2月27日於台北

14

Duygu sağnağındaki bir yolculukta, yanıbaşınızda hiç kimse olmayabilir. Belki de sadece sağanak halde olmayan, küçük ve anlık mutluluklarınız vardır hayatınızda. Yazara göre 'sağnak duygulu şiirleri', kara kuzgun gibi bazen destansı ama bazen  de kara renkli olan "zorlu sevdalar" ya da ünlü Türk yazarı Reşat Nuri Güntekin'in Çalıkuşu (1922) romanındaki Feride isimli kadın karakteri gibi "hırçın, ele avuca sığmayan, sadık ve masum" olan gerçek aşıklar coşturabilir genelde. Ama gerçek hayattaki mutlu yaşantılar yine de, sağlık, huzurlu ruh hali ve paylaşılan sevgide saklıdır.

Yaradana ve yaradılana olan *muhabbet* ise bambaşkadır. Tıpkı bu şiirin yazarının "Anadolu, Akdeniz, Karadeniz, anayurt, ata, anne ve Türk halk şairi Aşık Veysel'in Kara Toprak şiiri" benzetmeleriyle canlandırmaya çalıştığı yakınlık gibidir. Bu muhabbet ve yakınlık birbirinden ötedir, birbirinden daha etkileyicidir. Yazar, evrendeki tüm varlıklar içinde, özellikle bu muhabbet ve yakınlığın yokluğunu hisseder ve özler. Çünkü bu duygular gerçektir, şiirseldir ve yazarın şiirlerine de ilham olurlar.

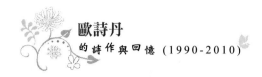
Yazar –bir şair tanıdığı olan Dursun Ayan'ın dediği gibi—
tarihi anarak ve şiirin atını biraz daha sürerek hayat yoluna
devam eder.

AK DENİZİN BİRİNE

Mutlu sağnağım boş
Mutluluklar içinde bir yer var
Bir yer var
İncitiyor hep
Varsın hep
Ama bir de, yoksun annem
**

Ağzımın tadı da yok sanki
Zahmetler doğru dürüst görünmüyor
Dönüyor sıkıntım, oluyorum arz gibi
Yağmurlar tenime yağıyor
Seni hatırlatıyor
Varsın hep, sağsın annem
**

Aydınlığın şavkı vururken
Hırçın Karadeniz gibi düşlerim
Aşık'ın kara toprağı oluveririm
Akdenizin mavi sırları hep bende
Güzel değilim belki ama
Tüm güzellikler bende beyim
**

Nostaljik olmak değil meşrebim
Herhalde bu şiirler için böyleyim
Şiirler bitmesin, Anadolu bitmesin
Aşk bitmesin Yaradana ve yaradılana
Ah bu şiirler olmasa, sen olmasan
Bilen olmasan, ne bileyim
**

Dursun kardeşim yazmış geçenlerde
"De Türkün adını, an tarihini yadını
Sür şiirin atını biraz daha"...
Bahtiyarım, belki hatırınızda böyle kalırım
Tüm diyarlarda böyle bilindim
Böyle olsun dilerim
**

"Çalıkuşu" tarafım ise benim
Kara kuzgunum benim
Hep kırık kalır, arar eşini cismini
İlerde gün gelince gelir
Kalem elden, el kalemden düşmedikçe
Nice ana dolu yatağı, ak denizin birine.

ÖZDEN & Taybey / 27 Şubat 2010

14

There might be no one by your side on a journey through pouring emotions. Or perhaps, there only might be drizzling, small and instant happiness in your life.

According to the author 'poems of pouring emotions', like the black raven, are sometimes legendary; at times they can generally exhilarate like those difficult passions of the color "black (ill-fated)" or the "tetchy, vivacious, loyal and innocent" real lover such as the female character Feride in the novel "Çalıkuşu (Goldcrest)" which was written in 1922 by the well-known Turkish writer Reşat Nuri Güntekin. The happy experiences of real life are nonetheless hidden beneath "health, a peaceful state of mind and shared love".

However, the "dialogue" between the Creator and the created is something else. Just like the "intimacy" the author of this poem tries to create with the metaphors "Anatolia / Anadolu in Turkish (ana dolu" means full of motherliness), the Mediterranean / Akdeniz in Turkish ("ak deniz" means white sea), the Black Sea, motherland, forefather, mother and the Turkish folk poet Aşık Veysel's poem *Kara Toprak* (Black Soil)". This dialogue and intimacy are beyond one another, each more remarkable. The author especially feels

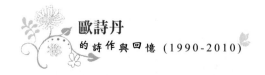
the absence of this "dialogue and intimacy" in relation to all beings in the universe. Because these emotions are real, poetic and are inspirations to the poems of the author.

The author continues on her journey in life *"remembering history and riding the poem horse a bit further"* – as told by Dursun Ayan, a poet acquaintance.

TO ONE WHITE SEA

My pouring happiness is empty
There is a place in happiness
There is a place
Constantly hurting
Always present
But, one more thing: you are not here, Mother
**

As if feeling under the weather
The outcome of exertion no longer satisfactory
My grief changing, becoming like an offering
The rain pouring down on my skin
Reminding me of you
Always present, alive, Mother
**

As the light reflects
My dreams like the rough Black Sea
I am becoming Aşık's black soil
All the blue secrets of the Mediterranean are with me
I might not be beautiful, but
I have all the beauty, dear
**

My nature is not to be nostalgic
Maybe I am so in the creation these poems
Poems forever, Anatolia never-ending
Love never-ending towards the Creator and the created
Oh, if it weren't for these poems, for you
If you were not the one to know, I don't know
**

My friend Dursun wrote the other day
"Say the Turks' name; remember your history, your memory
Ride the poem horse a bit further"…
I am happy and maybe this is how you will remember me
This is how I have come to be known everywhere
I wish this is how it was
**

My 'Çalıkuşu' side, however
My black raven
Always stays, searching for her spouse's being
In the future when the day comes, it comes
As long as the pen is at hand, the hand holds the pen
To the land of "full of motherliness (ana dolu)", and to one white sea.

ÖZDEN & Taipei / February 27, 2010

15

在本詩的首段作者刻意將土耳其語中的「為什麼？」（neden），拆成「『什麼（ne）』和『成員（eden）』」，以幽默的筆法破題。

這個家庭的成員大部分以「Ne」音節起首，可以說Ne主導了這個家庭。現在就讓我們一同來翻開屬於這個家庭的記事本……

一家之主是在六十多歲時因為心臟病辭世的Mehmet Rahmi。公務員出身的他，曾在土耳其許多地方服務。對於小孩，他是個有同情心、公平、開明且貼心的父親。他支持共和體制、接納新穎的想法也熱愛國家。本身喜愛閱讀的他，也很鼓勵小孩多閱讀。

這個家庭的母親İnci，她很年輕時就結婚了，婚後隨丈夫一起在土耳其各地工作，通情達理，具有前瞻性、洞察力，個性剛柔並濟，年輕時她在家做裁縫貼補家用，並且總是堅強面對生活中的挫折。她的頭髮是深褐色，灰綠色的眼珠更是罕見，氣質高雅迷人。值得一提的是，她與真心相愛的Rahmi先生結婚，共組甜蜜家庭，盡心竭力撫育了6名子女。

家裡的長子Cengiz是一位國小老師，他有耐心的個性正好適合擔任老師，他成熟、受人敬重，謙虛又幽默。

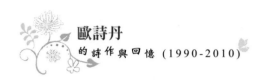
家裡的長女Necla也是一位老師，個性穩重、注意整潔、擅長烹飪，喜愛閱讀和作畫，是個富有藝術天份且氣質優雅的女子。

經濟學者Necdet，是個表裡合一的人，他喜歡給人忠告、樂於助人，有強烈的第六感。

從事教職的Nezihe是家裡遺傳到母親美貌最多的孩子，她蜂蜜色的眼珠總是吸引眾人目光。Nezihe腳踏實地、知足、樂善好施，是個樸素且直言無隱的人。

音樂家Mesut，他的品德猶如寶石般耀眼奪目，有天份、熱愛音樂、纖細善感，為人慷慨大方。

至於家裡最小的女兒，愛國、堅毅且充滿自信，她富有親和力但不喜歡缺乏尊重的親密。

我們家庭真可愛

我說我們家庭真可愛，不過……
我也只能用「什麼（ne）」和「成員（eden）」
　　來解釋
多數的名字是由「什麼（ne）」開頭的
而「成員（eden）們」則是幽默感十足
其實光講這些也就夠了
**

我親愛的父親Rahmi，已故
家裡最大的　現在，是我母親İnci
沉默寡言、堅毅果決卻有點憂愁
通常是適度的，有時卻過了頭
我們小孩子則總是無憂無慮地
**

家中年紀最小的是我
一個勤奮過了頭的人
目前　我不是很快樂，但我喜悅依舊
我愛人　也被愛，對此我充滿了感激
我清楚知道自己，簡單地說

歐詩丹，1997年8月18日於倫敦

15

"Neden?" yerine, esprili bir yaklaşımla "NE-EDEN" sorusu sorulur. İsmi N harfi ile başlayan aile fertlerinin çokluğuna referansla, N'lerin baskın olduğunu hatırlatılır. Böylece ailenin defteri açılır.... Ailenin reisi kalp krizinden 60'lı yaşlarında vefat eden Mehmet Rahmi'dir.  Memur olan Rahmi Bey, Türkiye'nin birçok yerinde görev yapmıştır. Çocuklarına karşı müşfik, açık fikirli ve kalp kırmamaya özen gösteren sevecen bir babadır. Cumhuriyete, yeni fikirlere ve vatanına tutkundur. Okumaya düşkündür ve çocuklarını bu konuda her zaman desteklemiştir.

Evin annesi İnci Hanım, evlendiği genç yaşlarından itibaren eşiyle Türkiye'nin birçok yerinde bulunmuş ve bu vesileyle kendini yetiştirmiş, basiretli, öngörü sahibi, tatlı-sert mizaçlı, gençliğinde evde terzilik yaparak eşine destek olmuş, hayatın zorluklarından hiç yılmamış güçlü bir kadındır. Boz rengi sıradışı gözlerinin yanısıra, ailesine ve altı evladına olan fedakarlığıyla takdire şayan bir bir bayandır.

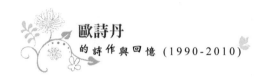

Evin en büyük oğlu Cengiz, ilkokul öğretmeni; mesleğine yakışır bir şekilde sabırlı, çevresi tarafından takdir edilen, mütevazi ve şakacı biridir.

Öğretmen olan evin en büyük kızı Necla, olgun, titiz, güzel yemek pişiren, okumayı ve resim yapmayı seven, sanatçı ruhlu ve kibar bir bayandır.

Ekonomist olan Necdet, içi dışı bir, öğüt vermekten hoşlanan, yardımsever ve sezgileri çok güçlü olan biridir.

Öğretmen olan Nezihe, ailede annesinin fiziksel güzelliğinden en çok nasibini almış biri olarak, bal rengi gözleriyle dikkat çeker. Nezihe, gerçekçi, kanaatkar, hayırsever, sadelik ve doğallıktan yana olan, açık sözlü bir bayandır.

Müzisyen olan Mesut, pırlanta huylu, yetenekli, müziğe düşkün, hassas, iyi kalpli ve cömert biridir.

Evin en küçük kızına gelince, vatanperver, azimli, özgüvenli, samimi ama laubalilikten hoşlanmayan biridir.

ÇOK TATLI BİR AİLE

Biz çok tatlı bir aileyiz, derim ama…
NE-EDEN'ini ancak hissedebilirim
"Ne" lerin baskın olduğu
"Eden" lerin ise esprilerle doluluğunu
Söylemek bile kafidir aslında
**

Canım babam Rahmi, rahmetli
Ailenin büyüğü şimdi, annem İnci
Suskun, azimli ve kederli
Yerine göre, bazen yersiz
Çocukları ise görünür kedersiz
**

Çocukların sonuncusu benim
Fazlasıyla gayretliyim
Şen değilim henüz, ama hala neşeliyim
Severim sevilirim, şükredenlerdenim
Kendimi bilirim, *vesselam.*

ÖZDEN & Londra / 18 Ağustos 1997

15

The question "CAUSE-ER" is asked with a touch of humor instead of just asking the question "Why".

I would like to explain that the letter N is prevalent due to the fact that the majority of names in the family start with the letter N. The family tree is thus revealed...

The head of the family is Mehmet Rahmi whose death in his 60s was caused by a heart attack. A civil servant, Mr. Rahmi worked in many places throughout Turkey. He was a kind, fair, open minded father to his children. He was passionate about the Republic, about new ideas and about his country. He loved to read and always encouraged his children to do the same.

The mother of the household Mrs. İnci lived in many places throughout Turkey with her husband from the very first years of her married life. She was a well-mannered, prudent lady with much foresight and a bitter-sweet disposition, a strong woman, who supported her husband by working from home as a dressmaker, and who withstood every hardship in life. Aside from her extraordinary light brownish-gray colored eyes, she can also be commended for having a happy marriage with six children, and for her great altruistic devotion to her family.

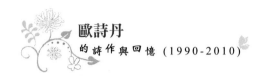

The oldest son of the household, Cengiz is a primary school teacher; as his profession demands, he is compassionate, appreciated by all those around him, modest and has a sense of humor.

The eldest daughter of the household Necla who is also a teacher, is a dignified, creative, artistic, a woman who loves to read and paint as well as making her presence felt with her cleanliness and cooking.

An economist, Necdet is a man who is genuine, benevolent, hates artificiality; he likes to give advice, and is someone with much foresight.

As the one to inherit most of the physical beauty of her mother İnci, Nezihe attracts attention with her honey colored eyes. A teacher, Nezihe is a realist; modest, forthright and benevolent, she is someone who likes honesty.

A musician, Mesut possesses a temperament that is dazzling like a diamond, he is talented and remarkable for his love of music; sensitive and generous.

As for the youngest daughter of the family, the author is patriotic, determined, confident and candid, but dislikes impertinence.

SUCH A SWEET FAMILY

I could say 'we are such a sweet family' but...
I will just be able to feel the CAUSE-ER
The "N's" predominate
The "-ER" s, on the other hand, are filled with humor
It will be sufficient really just to be able to say this
**

My dear father Rahmi, deceased
The head of the family now, my mother İnci
Silent, determined and grieving
At times, sometimes irrelevant
The children, however, seem carefree
**

I am the last
I am more than zealous
I am not just yet cheerful, but am still full of joy
I love and am loved, I am of those who are grateful
I know myself and that's that.

ÖZDEN & London / August 18, 1997

16

作者以〈我的四季〉這首詩抒發自身的心境，她向自己的「朋友、家人和情人」宣告春天的喜悅與大地的無限生機；也向學生們宣告夏天的「喜悅、真誠和希望」；秋天是收穫的季節，人們將自己人生閱歷的豐碩果實與他人分享，給予忠告；至於引發多數讀者聯想的冬天，作者事實上並沒有刻意針對任何人而寫。因為作者認為，人不應該把注意力放在「怨天尤人」，使得生命浪費在負面情緒上。相反地，應該從困境中汲取經驗、用樂觀的態度繼續往前邁進。

本詩的春天部分，談的是人們因為人生短暫而難以體驗所有的事情。在這短暫的生命裡，就像電影《今天暫時停止（Groundhog Day）》的劇情一樣「不斷重複過著昨天」，「相同時間」或相同事件一再重演。我們人生的片段如同電影般在眼前重複播放著，於是人們不斷回顧人生中的成敗，並且不斷質問自己。也或許有一天，他們會再次和往日情面對面，以一種浪漫的方式「算清舊帳」。又或者在短暫的生命旅途中，我們會經歷像是「恐龍會飛」這般不可思議的經驗。

但是沒關係，我們終究都被賦予了美好的人生……

儘管有時候生命中的苦難如同骨牌般不期然接踵而至，有些時候低潮或逆境無情地向我們襲來，但我們仍能夠不自怨自艾，正面積極地面對生命中所有的困境。

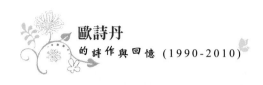

由於作者本身為學者，儘管大家都期待她寫出更多文章，她所創作的詩卻遠遠超過發表的文章數量……即使如此，作者仍然感覺到猶如粉紅麝香花（musky pink）般的喜悅。

雖然作者年紀越來越大……隨著時光飛逝，年齡也彷彿呈倍數增長。如同行色匆匆的行人不曾留心沿途的風景般，驀然回首時才驚覺人生的美好。隨著年紀日益增長，「點頭之交」逐漸減少；隨著思想逐漸成熟，「知心好友」日益增加，因為人們更加體認到友情的價值。

作者膝下無子，將自己的姪兒姪女甥兒甥女和學生們視如己出。雖然至今未能替自己心愛的姪兒姪女甥兒甥女提筆寫下任何一首詩，但她為學生們寫下了「夏季」。她傾聽學生們的心事並和他們分享生活中的喜怒哀樂，學生們信任她、對她傾吐心事，她也為他們保守秘密、和學生亦師亦友。作者深信，所有人都應該活到老學到老，因此她總在學習新知。

作者注意到學生普遍對考試感到焦慮和擔憂，因此她總是提醒學生，考試只是為了增進知識的一種工具，希望可以藉此讓學生們感到安心。

本詩的秋天是「忠告的季節」。其實每個人都只懂得自己「經歷過的、能了解的以及願意接受的事」，作者也是如此。她體認到生命中「企圖心、努力以及機運」三者缺一不可，而我們也不該輕易被生命中突如其來的挫折打敗。

此外，她還了解到，就如同古代突厥天神信仰中認為Erlik代表邪惡與Ülgen象徵良善，彼此之間涇渭分明、

146

永遠相對一般；在面對他人善變、不成熟的行為時，我們應該一笑置之。

本詩的冬天是「讓人幻想破滅的季節」，但並非刻意針對任何人。因為她認為，埋怨對人並無益處，指責別人或自我封閉只會導致更多負面效果。然而，人應該先檢視自己的行為和事件的因果關係，應該相信上蒼然後懷抱自信地生活和奮鬥。

根據作者多年來的觀察，我們應該認清以下兩種人。一種是如同生長在海底，乍看之下長達數公尺但其實像無根的海草般無深厚情感的人；另一種則是猶如「矮行星」，但其虛情假意的真面目終會被揭穿的人。這兩種人都可以在「讓人幻想破滅的季節」中找到自己的身影。

我的四季

春天（致好友們、親愛的家人和情人）
獻給你們的和有你們的每一首詩
即使我的詩作遠超過發表的文章數量
我如同粉紅麝香花般喜悅
因為我的愛猶如衣服上的刺繡般在字裡行間舞動
每個針腳我都與你們同在
**

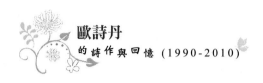
我們能在短暫的人生中容納下所有的事物嗎？
主詞？動詞？句子……
當電影〈今天暫時停止〉中　重新經歷「相同時
　　間」的人
「不斷重複過著昨天」
浪漫地「算清舊帳」這種事
當我們自己也無法泅泳渡過人生難關時
恐龍既會飛又會游泳這件事
顯然，這一切對我們來說是很難理解的
**

沒關係，反正我們依舊擁有美好的人生
如同海洋的平靜無波
就算我們必須忍受如同骨牌般接踵而至的低潮、逆境
我們仍要不自怨自艾、勇敢前進
**

當我們年齡呈倍數增長
如同行色匆匆、不曾留心沿途風景的行人
驀然回首才驚覺青春的美好
日益增加的知心好友或逐漸減少的點頭之交
在我們眼中也未曾老去
**

夏天（給學生們）

比起我教給你們的，我從你們身上學到的更多

下課後我帶了一大堆問題回家

那些穿梭在粉筆、板擦間的時光

不斷將歷史的場景重現在教室的講台上

在即將踏入學術的殿堂時

我梳理自己，用知識妝點自己

**

要是你們如好奇蚌殼的內容般擔心考試的話，那
　　你們就錯了

你們聆聽了，我孜孜不倦講授的知識

你們能帶我遠離傷痛，當然你們不會知道

我為你們保密，但我不會在你們面前隱藏自己

只是呀只是

你們　我的璞玉

我以慈母的情懷雕琢著

**

秋天（忠告的季節）

我曾經歷過許多創傷

無奈只能以熱鐵烙印試圖止血

儘管如此，我依舊微笑　朝著永恆的希望

忽視人生的晦暗面　看向光明

**

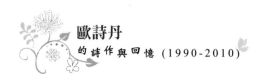

正因為人們總是
「分不清真正該珍視的對象　本末倒置」
如同Erlik和Ülgen永遠相對、翻臉如翻書的行徑
以及令人嗤之以鼻的舉動　「就隨它去吧！」我說
**

你，即使渾身是傷，仍能用乾淨的白布包紮
多點耐心等待　光明的希望
並堅信，那些突如其來的打擊終將增添生命的色彩
做得好，孩子，別怕
**

冬天（讓人幻想破滅的季節）
喂！巨大的海草　矮行星
你的虛情假意是不可能得逞的
其實你並沒有壞到不值得被愛
又何必曲意迎合他人
**

當你糟蹋別人的心意　用虛偽的眼淚博取同情
精打細算　自以為佔盡優勢，其實正向下沈淪
就算你向四周投以求助的眼神　也是白費工夫
當末日審判降臨，你將親手葬送自己
給自己的過去、未來、你自己　留點空間，覺悟吧！

歐詩丹，2007年5月31日於安卡拉・安那特彼

16

DÖRT MEVSİMİM..., yazarın duygu mevsimlerine ilişkindir. Yazar, **İlkbahar** mevsiminin neşesini ve kıpır kıpır filizlenen canlılığını ailesine, arkadaşlarına, sevdiklerine, **Yaz** mevsiminin mutluluk, samimiyet ve umudunu ise öğrencilerine adamıştır. **Sonbahar**, öğüt ve bilgelik mevsimidir. Şiiri okuyan birçok kişi her ne kadar en içli yazılan bölümün **Kış** mevsimi olduğunu ifade etmişse de, bu mevsim aslında hiç kimseye atfedilmemiştir. Çünkü yazara göre, bir sitem ya da kötü bir olay, insanın tüm hayatını üzerine inşa edeceği bir olumsuzluk olmamalıdır. Tam tersine, bu zorluktan ders alarak pozitif çıkarımlarla hayatı devam ettirmek gerekir, elden geldiğince.

İLKBAHAR mevsiminde, insanın seferi olduğu kısa hayat yolculuğuna birçok şeyi sığdırmasının zorluğundan bahsedilir. Bu kısa hayatta, *Groundhog Day* filminde olduğu gibi, "dün aslında bugündü" tarzında, 'aynı an' ve aynı olaylar belki de tekrar tekrar yaşanacaktır. Hayatımız bir film şeridi gibi gözümüzün önünden birçok kere geçecektir. İnsanlar geriye dönük bir hayat muhasebesi yapmak durumunda kalacak ve kendilerini sorgulayacaklardır. Belki de eskiden yaşamış oldukları aşkları ile romantik bir şekilde

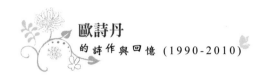
hesaplaşacaklardır. Ya da seferi kısa hayatlar boyunca, 'bir dinozorun uçması misali' inanılması güç birçok olay yaşanacaktır.

Ama olsun, yine de, harika bir hayat bahşedilmiştir insanlara....

Kimi zaman, karo taşlar gibi birbirinin ardına gelen sancılar yaşanmış olsa da, yavanlıklara katlanılsa da, yaslardan çıkıp kendimize ağıtlarla bakınmamış ve hayatın zorluklarıyla mücadele etmeyi başarmışızdır.

Dahası, akademisyen olan yazardan daha çok düz yazı yazması beklenmesine rağmen, yazarın şiirlerinin sayısı makalelerinin sayısını çoktan aşmıştır bile.... Fakat yazar, bundan dolayı bile, misk pembesi bir mutluluk duymaktadır. Yazar yaşlanmaktadır da... Ama yaşlar katsayılarını esnete esnete artsa da, hayat yine de güzeldir. Tıpkı sokakta yürüyen dalgın bir insanın dalgınlığındaki gibi, bu güzel hayatın farkına daha yeni yeni varılmaktadır. Yaşlar ilerledikçe,"tanıdık"ların sayısı azalır; ama insanlar, olgunlaştıkça dostluğun kıymetini daha iyi anlarlar ve "dost" larının sayısı artar.

Yazarın çocuğu olmadığı için, yeğenlerini ve öğrencilerini evladı gibi görür. Henüz çok sevdiği yeğenleri için bir şiir kaleme almamıştır; ama öğrencilerine işte bu YAZ mevsimini adamıştır. Öğrencilerinin dertlerini dinler, sırlarını tutar ve onlara karşı hep samimi olmuştur. Kendisi de dahil, tüm insanların ömür boyu öğrenci olduklarına ve hayatları son bulana kadar da hep öğreneceklerine inanır.

Yazarın ders sınavları hep bir merak ve telaş konusu olmuştur, bunun farkındadır. Bunun için öğrencilerine, sınavın onlara daha fazla bilgi aktarmak için bir araç olduğunu hatırlatmak ve böylelikle öğrencilerini rahatlatmak ister.

SONBAHAR, yazarın öğüt mevsimidir... Herkes yaşadığı, anladığı ve kabullendiği kadar bilir aslında. Yazar için de öyledir. Yazar hayatta şunu öğrenmiştir ki, yaşam boyunca 'niyet, gayret ve kısmet' birarada olmalıdır. Zorluklara ve aniden bir oldu bitti ile türeyen *türedi* kırgınlıklara karşı yılmamak gerekir.

Ayrıca, eski Türklerin Gök Tanrı inancına göre yeraltı dünyasının kötülüğünü simgeleyen *Erlik*'e karşı iyiliği temsil eden *Ülgen* örneğinde olduğu gibi, kötü ile iyi kadar birbirine zıt değişkenlik gösteren kişilerin çiğliklerine de -bu anlamda- pek aldırış etmemekte yarar vardır.

KIŞ, sitem mevsimidir. Ancak kimseye yönelik bir sitem içermez. Çünkü yazar, sitemin insanlar için pek de faydalı bir duygu olmadığını ve hep birilerini suçlaması gibi, ya da gerçek dünyadan soğuması gibi birçok olumsuzluğu beraberinde getirdiğini düşünmektedir. Oysa insan, yaşadıklarının ve yaptıklarının arkasında durmalıdır. Önce Allah'a ve sonra kendine güvenerek yaşamalı ve çabalamalıdır.

Yazarın hayattaki genel gözlemlerine göre, okyanusun dibindeki dev su yosunları gibi metrelerce uzunluktaki bir gösterişte olabilen ama gerçek duygular taşımayan; veya tıpkı 'cüce gezegen' gibi ne hissettikleri sonradan

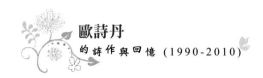

歐詩丹
的詩作與回憶 (1990-2010)

> ortaya çıkan samimiyetsiz insanlar -eğer isterlerse— sitem
> mevsiminde kendilerine bir yer bulabilirler.

DÖRT MEVSİMİM

İLKBAHAR (dostlarıma, aileme, sevgiliye)

Size ve sizinle her şiirim ve
Şiirlerimin yaprağı nesirlerimi aştığında bile
Misk pembesiyim
Çünkü satırlar raksederken sevginin desenine
Her ilmekte sizinleyim
**

Seferi dar hayatımıza herşeyi sığdırabildik mi
Özneyi, fiili, tümceyi...
'Aynı an'ı tekrar yaşayanların
"Bugün aslında dündü" diyenlerin
Groundhog Day evsafındaki romantik hesaplaşmasını
Ve kendimiz yüzmeyi hayata geçiremezken
Dinozorların hem uçup hem de yüzdüğünü
Anlamakta zorlanacağız belli ki
**

Olsun, yine de harika bir hayatımız var
Okyanus sakini, dingin
Karo-taş sancıları sayıp, yavanlığa katlansak da
Yaslardan çıkıp kendimize ağıtlarla bakınmadık ki
**

Katsayısını esnetirken yaşlarımız
Sokakta giden dalgın bir insan dalgınlığında
Genç hayatlarımızın tadına yeni yeni varıyoruz
Artan dostumuz, azalan aşinalıklarımız
Göz karelerimizde eskimiyor
**

YAZ (öğrencilerime)
Ders aldım, verdiğimden misillü
Sınıftan eve bir yüklük soru
Tahtalar defalarca ziyaret edildi
Sahneler tarihten sahnelendi
Saç örgüsü huzurunuza çıkarken tarandım
Bilgiyle güzelleştim
**

İstiridye gizemi sınavlarınız telaş yarattıysa, yanıldınız
Dinlediniz, dinlenmeden yolcularken emeğimi zihinlerinize
Biri kırdı da ben sizinle avundum, bilemezsiniz
Sırrınızı tuttum ama sır da değildim
Sadece ve sadece
İnci dimağlarınızı
Anne kokulu ovalarıma seyran eyledim
**

SONBAHAR (öğüt mevsimim)
Savrulan canım çok oldu
Siyah fenerlerle dağladım ışıklarımı
Yine de, gülümsedim ismid sürmeli umutlara
Boz yaşamlardan aydınlığa
**

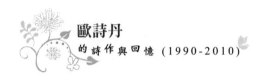

İşte bundandır ki,

Değerliyi yer edip de, değersize yer bırakmayanları

Erlik ile Ülgen tasvirindeki değişkenlikleriyle ve

Yosun kokulu çiğlikleriyle "sal gitsin", derim

**

Sen, kundakla siyahını tertemiz sayfanla

Beyaz fenerlerine zaman ver

Yol ver ki türedi kırgınlıkların bezensin doğaya

Yılma evlad, aferin

**

KIŞ (sitem mevsimi)

Dev su yosunu endamlı cüce gezegen

Kum saati canım-cicimlerinle mezatın yok

Sevilmeyecek insan da değilsin

Ama zoraki kankalıkların

**

Gözyaşlarını başka emeklerin seli kıldın, sattın iyilikleri

İnce hesapların yükselirken aşağılara

Sağlı-sollu bakışlarınla nafilesin

Ezel ebede vardığında atacak seni sen

Tarihine, atine, kendine bir yer ver, kendine gel.

ÖZDEN & Anıttepe-Ankara / 31 Mayıs 2007

16

The poem **MY FOUR** SEASONS is about the writer's four seasons of feelings. It dedicates the joy and the blooming blossom of liveliness of **Spring** to "friends, family and dearly beloveds", and the bliss, sincerity and hope of the **Summer** season to "students". **Autumn** is the season of advice and wisdom. Although many of those who have read the poem may think that the most thoroughly written section is the season of **Winter**, this season has been dedicated to no one. The reason for this, according to the writer, is that a reproach or a terrible event should not be a negative notion to be established in the life of a human being. Just the opposite should in fact be true, learning from such difficulties, one needs to continue building one's life on positive features, to the best of one's ability anyway.

The Season of **SPRING** deals with the difficulty of fitting many things into the short journey of life, an expedition one must take. Just as in the film *Groundhog Day* and in line with the understanding that "yesterday, in actual fact, is today" maybe the 'same moment' or the same events are to be re-lived within a short span such as life. Our lives will probably pass many times in front of our eyes like a roll

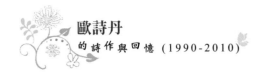
of film. Looking back, people will be forced to make an assessment of their life and question themselves about it. Or perhaps they will account in a romantic fashion for the love affairs that took place in their past. Or 'similar to a dinosaur flying', a great number of events which are hard to believe will occur throughout lives of short expeditions.

Let it be so, yet glorious life has been bestowed on mankind...

Although pains are felt one after the other with the regularity of paving stones, or dullness is endured at times, leaving the grief behind —not viewing ourselves with elegies— we succeeded in withstanding the difficulties of life.

Moreover, even though it is more expected of the writer to write "prose," the number of poems the author has written has already exceeded her prose compositions... The author even derives a 'musky pink' happiness from this.

The author is getting old... But even as age advances —stretching it out, life is still beautiful. Just as in the distraction of an absent-minded person walking in the street, the beauty of this life is just being realized. As we age, our number of "acquaintances" decrease; but as people mature they start to appreciate more and more the value of friendship and thus the number of "friends" increases.

As the author doesn't have any children, she sees her nieces, nephews and students as her own. She has yet to write a poem for her most beloved nieces and nephews; but she has dedicated the Season of **SUMMER** to her students. She has an open communication with her students, keeps their secrets and has always been candid towards them. She believes that every person —including herself— is a student throughout his or her life and will be learning until the very last day of his/her life.

The author's lecture exams have always been a matter of curiosity and excitement, a fact of which she is quite aware. As a result, she wants to remind her students that a test is only a tool to further expand one's knowledge and thus tries to put them at their ease.

AUTUMN, is the author's season of advice. The fact is that everyone knows as much as they have lived, comprehended and acknowledged; as has the author. But there is one thing she has learned for certain; that there is a lot to be gained from an approach of 'intent, zeal and destiny' towards the whole of one's life. To withstand difficulties and the unexpected hurt that can suddenly occur, and with determination to confront the facts of life.

Furthermore, as in the example of *Ülgen* who represents good against *Erlik* who, in return, symbolizes the evil of the underworld according to the Tengri (Sky God) belief of the old Turks— it is better not to pay much attention to the crudeness –in this sense– of those who show such opposites as good and evil.

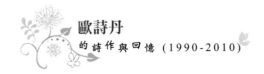
WINTER, the season of reproach, does not involve a reproach that is directed towards someone; because the writer believes that it is not a very constructive feeling for man and that it gives rise to many negative elements, such as people always putting the blame on someone else or retreating from the real world. Instead, people should stand by the life they lived or the things they did. One should live life and struggle with it by putting ones faith in the Creator first and then by believing in oneself.

According to the author's general observations made throughout her life, insincere people who, as the rootless giant algae found at the bottom of the ocean, can be magnificent in all their height but who are not capable of possessing any real feelings; or who —just as in the case of the "dwarf planet"— subsequently reveal what they are, can if they wish find a place for themselves within this season of reproach.

MY FOUR SEASONS

SPRING (to friends, family and dearly beloveds)
For you and with you each and every one of my poems
Even when the leaves of my poems exceed my prose
I am musky pink...
Because as the lines dance to the pattern of love
I am with you in each and every knot
**

Have we succeed in fitting everything into our lives of narrow
  expeditions
The subject, the verb, the whole sentence...
Of those that re-live the 'same moment',
Of those who say "today actually was yesterday"
The romantic resolution in the manner of the Groundhog Day
And if we don't instigate swimming,
It is obvious that we will have difficulty in understanding
How dinosaurs will both fly and swim
**

So, in spite of everything, let us still have a wonderful life
The calmness of an ocean, serene
The tiles counting pains, even though tolerating dullness
Stop grieving, we haven't viewed ourselves with elegies
**

While our age multiplies —making itself felt
Like the distraction of an absent-minded person walking in the street
We are just starting to enjoy our youthful lives
The increasing friends, the decreasing familiarities
Do not get old within the vision of our eyes
**

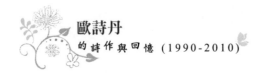

SUMMER (to students)

Lessons learned, more by far than I provided

A load of questions from class to home

The blackboard visited many times over

Stages staged from history

The braid combed coming to your presence

I have become beautiful with knowledge

**

Even if your exams of an oyster's mystery cause panic, you are mistaken

You have listened, and processed my efforts in your mind without giving a break

When someone hurt I found consolation in you, you might never know

I have kept your secrets but I was no secret

Only, and only

Your pearl of intelligence

Enabled them to travel to my prairies of a mother's scent

**

AUTUMN (season of advice)

I had many of my hearts tossed aside

I have scorched my lights with black lanterns

Nevertheless, I smiled at hope with gray eye-lines

From grayish lives entering into light

**

And it is for this reason that,

To make place for the valued, leaving no room for the worthless

With the changeability depicted in *Erlik* and *Ülgen*, and;

Crudeness of seaweed stench, I would say: "forget about it"

**

You, swaddle your black with your unstained page

Give time for your white lanterns

Make way so that your unexpected hurts be embellished into the
    nature

Child, don't give up, well done

**

WINTER (the season of reproach)

The dwarf planet in the form of giant algae

Cannot auction the hourglass with cherished words

Though not a person not to be loved

But of forced friendships

**

Your tears caused a flood of other efforts, sold the good-deeds

While thorough work increase downward,

You are naught with the looks you throw here and there

You will get rid of you when reached upon eternal

Give a place to your past, your future, yourself; come to your senses.

ÖZDEN & Anıttepe / May 31, 2007

1
6
3

17

這是一個眾所皆知的主題，對任何人來說都不陌生。愛情，有時無法克服時間與空間的障礙。這首詩，也就是在敘述這樣的一個虛構故事。

在許多日子中的某一天，住在寄宿學校的一名年輕女孩，在宿舍玩桌球時，球滾著滾著，就碰觸到一名青年的腳邊。因為這樣的一個機緣，這個故事就隨著女孩的眼神與青年的眼睛接觸的那一刻開始。

身處在異鄉的這個青年，想過的是不受拘束、五光十色的日子，而年輕女孩，則是過著自己平凡安靜的生活……

這對年輕男女會在宿舍自修室以及宿舍的大廳聊天。在城裡乾淨、綠意盎然又寧靜的街上逛著。年輕女子跟著這個男子，甚至第一次去舞廳，但在舞廳裡，他們跳著傳統民俗舞蹈，看著對方哈哈大笑。

青年後來返國，而女孩則是繼續長年在異鄉求學，兩人開始了每天的越洋通信。

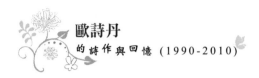

最後的呼喚

我們的媒人是球和球拍
遊戲之後還有交談饗宴
東南西北地聊著
我想要了解，他的過去和未來
＊＊

在我要求之下　你帶我遊歷周遭
小心翼翼地聽著你的每字每句
在犧牲睡眠的夜晚
我只想談談，你與我
＊＊

巧遇之地變成自修室
我收拾著紙筆，所有東西
不知怎麼地
我已坐在你身邊
＊＊

每次你的離去總伴隨著想念
我期盼你的來臨
我試著裝做不在乎
似乎只想證明我並非在等待你
＊＊

你從這裡離開後的我
不知道文字是否足以表達
好幾天之後　又過了好幾個月
電話和書信加深了思念
**

來自你的電話縮短了距離
只有你是我的至交　知道我的所有
當我的雙眼看著你時
不會想去對別的一張臉笑
**

這天來了就像你說過的
弄巧成拙
你一去不回
有辦法彌補嗎
**

之後撥了電話捎了信
這次既沒回應也沒感情
答案是沉默但明確
對了解的人而言這意涵有多麼深
**

終於我了解分手的原因
種種不順讓我窒息
你並沒有任何的罪過
這只是我的不幸
**

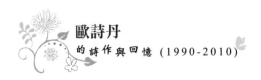

這樣也許也好
如此一來我了解朋友與敵人
我知道除了自己
沒有人能在我跌下時拉我一把
**

我認識最好的人就是你
你為人正直
透過我寫的這些詩句　請你明瞭
別以為你白費努力
**

這是我留給你最後的紀念
千萬別認為我還有期待
願你前途似錦
讓人驕傲地想起你

歐詩丹，大概為1992年於倫敦

17

SON SESLENİŞ..., bilinen bir konu, pek de yabancı değil kimseye. Sevginin bazen, zaman ve mekanın bir ibre gerisinde kaldığı şiirimsi ve hayali bir öykü işte.

Günlerden bir gün, yatılı bir öğrenci yurdunda masa tenisi oynayan bir genç kızın topunun yuvarlanarak genç bir delikanlının ayağının dibine eriştiği; ve bu vesileyle genç kızın, delikanlının gözleriyle buluştuğu o yerde başlar olay.

Delikanlı gurbetin tadını çıkarmak ve panterin sırtından inercesine hayatını yaşamak niyetinde, genç kız ise kendi halinde...

Çalışma odasında, yurdun lobisinde sohbet edilir; şehrin o mis gibi temiz, yeşile vurgun, dingin sokaklarında gezilir.

Genç kız ömründe ilk kez diskoya bile gider delikanlıyla, ama gençler orada bile harmandalı gibi birşeyler oynamışlardır ya, kahkayla bakarak birbirlerine.

Delikanlı sonra ülkesine döner, genç kız ise uzun yıllar gurbette tahsil yapar. Artık günlük yazılan mektupların hükmü vardır.

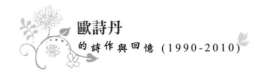
SON SESLENİŞ

Çöpçatanımız top ve raketti
Oyun sonrası vardı sohbet ziyafeti
Konuşurken sağdan soldan
Sorgulamak istedim, geçmişi geleceği
**

Ricam üzerine beni çevrede gezdirdin
Dikkatle dinledim her kelimeni
Feda edip uyumaktan
Konuşmak istedim, seni ve beni
**

Raslantıların yerini çalışma odası devraldı
Toparladım tası-tarağı, defteri kalemi
Nasıl olduğunu anlamadan
Buluverdim yanında kendimi
**

Her ayrılışın gebeydi özlemine
Beklerdim geri gelişini
Umursamaz görünmeye çalışarak
İspatlamak isterdim sanki tam tersini
**

Buradan ayrılışının ardındaki halimi
Bilmem kelimelere sığdırmak kafi mi
Ardından, kovaladı günler ayları
Telefonlaşmalar, ağırladı mektupları
**

Her telefon sendendi kısaltan mesafeyi
Her dostum sendin bilecek herşeyimi
Gözlerim seni görecekken
Neylesin başka yüze gülmeyi
**

Gün geldi tam dediğin gibi
Şapka oynarken kaydı devrildi
Gidiş o gidiş
Geriye iadesi elde mi
**

Tekrar telefonlar mektuplara eklendi
Bu kez ne karşılık ne de sevgi
Cevap suskun ama kesin
Anlayana anlam pek derin
**

Artık biliyorum ayrılık nedenini
Aksilikler boğdu beni
Hiçbir vebalin yok bunda senin
Bu benim talihsizliğim
**

Bunda da bir hayır var herhalde
Dostu düşmanı anladım böylece
Bildim ki kendimden gayrı
Elimden tutanım yok düşünce
**

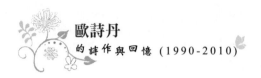

Tanıdığım içten insanlardan birisin
Manevi değerin yüce, kişiliklisin
Bil ki bunu mısralarım vesilesiyle
Sanma boşa emek sarfettin
**

Bu son hatıram olsun sana
Sanma beklentim var hala
Bahtın açık yüzün pak olsun
Adın saygıyla anıla.

ÖZDEN & Londra / tahminen yıl 1992

17

LAST CRY is a well-known subject, not foreign to anyone. A poetic story where love, at times, is left behind a notch in time and space.

The incident starts one day in a student dormitory where, during a game of table tennis, a young girl's ping pong ball rolls and stops at the foot of a young man; in consequence, the young woman's eyes meet the eyes of the young man.

The young man wants to make most of being in a foreign place, and has the intention of living life as if "descending from a panther's back"; the young girl, one the other hand, is quite modest…

They talk briefly in the study-room, in the lobby of the dorm; they roam those clean, scented, green-painted and calm streets of the city. The young girl even goes to a disco for the very first time in her life but the young friends, even there, dance something similar to a folk dance, with laughter in their eyes.

Later the young man returns to his home country whilst the young woman carries on her education on foreign soil for many more years. Thus, the daily international mailbags had their say.

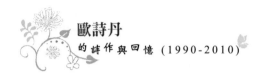

LAST CRY

Our matchmaker the ball, the racket
A feast of conversation present after the game
When talking about this and that
Wanted to question; the past, the future
**

Upon my request you showed me around
I listened carefully to your every word
Sacrificing sleep
Wanting to talk about you and me
**

The study-room took over your coincidences
I packed up my things, my books and pens
I didn't see it coming
But I found myself beside you
**

Every time you left my side expectant of your longing
Looked forward for your return
Trying to pretend not to care
I would want to prove as though the opposite
**

My state after you left here
I don't know if I can put it into words
Days and months followed you
The telephone calls, the letters getting longer
**

Each phone call from you shortened distances
For me, the only friend to know me was you, only you
As my eyes were to behold you
What is a smile to another face
**

The day came just as you predicted
"The hat slipped" and fell "while playing"
Slipped, you said
With no possibility of return
**

Once again the phone calls followed the letters
This time, neither a return call nor love
The response definitive silent silence
For those that comprehend, the meaning quite deep
**

I now knew the reason for separation
The mishaps suffocate me
You had nothing to do with this
This is just my ill luck
**

Probably something to benefit from this
I thus distinguished my sincere friends from those who were insincere
I now know that apart from myself
The thought I have no one to hold my hand
**

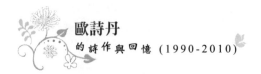
歐詩丹
的 詩作與回憶 (1990-2010)

You are the sincere person I know
Your moral value high, of integrity
Know this, through my verses
Don't think your efforts are for naught
**

May this be my last memento for you
Don't think that I still have expectations
May you have good fortune and may you shine
May your name be remembered with respect.

ÖZDEN & London / (the exact date is yet to be determined but
probably is 1992)

18

〈如杜松般碧綠〉這首詩是描述一位年輕女子和多年未見的高中同學在多年後重逢的場景。

和高中同學在偶然的機會之下再次相遇的年輕女子,得知兩人分別在感情上遭遇了挫折。年輕男子的婚姻可惜以離婚收場。至於年輕女子,和男友曾論及婚嫁,最後卻黯然分手。

這兩個高中同學在電話中互相傾訴心事——從高中時代共同的回憶、英年早逝的同學到各自的生活、時事等等……

由於兩人都很敬仰土耳其國父凱末爾先生,他們會一同造訪凱末爾陵寢所在的安那特彼區(Anıttepe,舊名 Rasattepe)。造訪凱末爾陵寢時,他們不僅暢談國父凱末爾的理念,也會吟詠土耳其吟遊詩人阿布達(Pir Sultan Abdal)和費西歐(Aşık Veysel)的詩句。

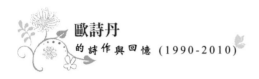

如杜松般碧綠

我深情的目光不屬於任何人
在你不在的那些日子裡　我的白馬紳士
好多年了，共同的朋友們
高中的記憶、我們的純真
彷彿從未改變過
**

把三千煩惱絲，統統封存在過去
我們的轉捩點，同樣發生在1997
親愛的勇士　造物主的傑作
越過了情關　來到充滿愛的地方
嘿你們！不貪慕虛榮，在愛中成長茁壯的人們
我的眼神從不游移　只屬於我愛的人
**

我們靦腆拘謹　如海洋般莊重
你就像從童話故事中造訪的神燈精靈
儘管回憶有限，顯然並非只是曇花一現
陵寢的綠意、暴躁的婦人以及攜手共渡的時光
在你回到神燈前
將你愛慕的目光　回憶　留在安那特彼
**

這首詩　如海洋般意境深遠；可靠的　你
就像阿布達詩句中*比我更有智慧的人*
當我們走在崎嶇的獅子大道上，你攙扶著險些跌
　　倒的我
我引述費西歐的詩句「*沒有翅膀的鳥兒無法飛行*
我們全都是這個國家的子民」
期待緣份中另一雙綠色眼睛
**

我可靠的　高中好友！
友善地給我忠告者
你沒開口邀請我　我也沒邀請過你
你在我心中
有著海洋般的份量
在我心中屬於年少回憶的角落　永遠歡迎你

　　　歐詩丹，2008年4月15日於安卡拉・安那特彼

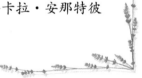

18

ARDIÇ AĞAÇLARINCA ELA..., genç bir kadının aktarımlarından, bir lise arkadaşıyla uzun yıllar sonraki buluşmasını resmeder.

Lise arkadaşıyla bir raslantı sonucu tekrar karşılaşan genç kadın, her ikisinin de benzer zorlukları yaşadıklarını öğrenir. Genç adam, severek kurduğu yuvasında problemler yaşamış ve boşanmıştır. Genç kadın ise sözlüsü ile evlenememiş ve ayrılmıştır.

Bu iki lise arkadaşı dertleşir telefonda—lise anılarından, genç yaşta vefat eden ortak lise arkadaşlarından, kendi hayatlarından, ülke meselelerinden...

Her ikisinin de çok sevdiği Türk ve dünya lideri M.Kemal Atatürk'ün, ebedi istirahatgahı Anıtkabir ziyaret edilir. Bu esnada Atatürk'ten konuşulur, Türk halk şairleri Pir Sultan Abdal ve Aşık Veysel'den mısralar paylaşılır.

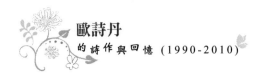

歐詩丹
的 詩作與回憶 (1990-2010)

ARDIÇ AĞAÇLARINCA ELA

Gözlerim aidiyetsiz, sahipsiz
Beyaz atlı sırdaşım sensizken ben
Yıllar var, ortak arkadaşlar
Lise anıları, masumiyetimiz
Sanki çocukluktan beri hep böyleymiş
**

Yetmişiki dert, mazide mühürlendi
Türdeş dönümler, sene doksanyediden
Halık'ın uluğ eseri can yavuz
Serd sevdadan geçip, sevda tutan yere geldi
Hey siz! Dev seven değil, seven devler
Gözlerim iğreti değil, sevenime aitler
**

Denizimsi ulviyetle çekingenlikler
Bir masal cini gibi üç gün için ziyaretçi
Günlerle sayılı anlar, anlık değil ki belli
Yeşili, sinirli teyzeyi ve nicesini elele geçer
Tekrar dönmeden lambasının içine
Anısı Rasattepe'ye kalır tutkuötesi gözlerin
**

Derya bedelli şiirim, yanıbaşımda bir çınar
Abdal'ca bilmediğim hikmetleri bilen
Aslanlı yolda traverten taşlara takılıp sendelerken
Aşık'ın mısrasında: "ganadı olmasa kuşlar da uçmaz
Hepimiz bu yurdun evlatlarıyız" der
Ardıç ağaçlarınca ela göz ararız bir başka fermanla
**

Çınarım, lise arkadaşım
Bak demeden görenim
Davet etmedin ya da edilmedin
Sen sadece kalbimde
Derya deniz halinle
Kalbimde sana ait maziye hoşgeldin.

ÖZDEN & Anıttepe-Ankara / 15 Nisan 2008

18

From the recollections of a young woman, the poem **GREEN LIKE THE JUNIPER TREES** depicts an encounter with a high school friend after many long years.

On meeting up after many years with a high school friend, the young woman discovers that both of them had lived through similar difficulties. The young man had had difficulties in his home life, which had started out with love, but had ended in divorce. The young woman, on the other hand, hadn't married and had separated from her fiancé.

Both these friends from high school talk over the phone –about their high school memories, about a mutual high school friend whom had died early in life, about their own lives, about matters of the country…

Together they visit the Mausoleum of Anıtkabir, the eternal resting place of the unique Turkish and world leader Mustafa Kemal Atatürk whom they both love. During this visit they speak of Atatürk and recite verses by the Turkish folk poets Pir Sultan Abdal and Aşık Veysel.

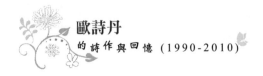
GREEN LIKE THE JUNIPER TREES

My eyes un-possessed, unclaimed
While I am without you, kind gentleman on a white horse
There are years, mutual friends
High school memories, our innocence
As if it were always so from childhood
**

Seventy-two predicaments, sealed in the past
Similar milestones, year ninety-seven
Halık's (God's) grand work a brave life
Passing through a difficult love, coming to the place that beholds
    love
Hey you! Not those lovers of the giant, but those giant lovers
My eyes without artifice, belonging to my beloved
**

Inhibitions of sea-like magnificence
A three day visitor as though he were a story book genie
Days of numbered memories, not instant quite clearly
Hand in hand passing all the greenery, an enraged old woman and
    many others
Before returning back into his lamp

The memory left in Rasattepe of your eyes surpassing passion
**

My poem as the open seas, a sycamore support at my side
He speaks like Abdal, who knows of *the mysteries unknown to me*
Tripping and staggering over the paving stones of the lions' road
Like the verse of Aşık: stating "the bird cannot fly without wings
We are all children of this country"
With another fate looking for the green eyes of juniper trees
**

My sycamore support, my friend from high school
Sees without looking
You didn't invite, you were not invited
You were just in my heart
With your profound sea state
Welcome to the past pertaining to you in my heart.

ÖZDEN & Anıttepe-Ankara / April 15, 2008

19

無論〈啊！舊愛〉這首詩會引發什麼樣的聯想，它都絕對不是一首「埋怨」的詩。這是一首虛構但能讓人引以為鑑的詩，至於是怎麼樣的借鏡，就留待讀者自行發覺。

想像一下，一名女子試著忘記，那個多年前她深愛卻不得不黯然分手的男子。時光飛逝，女子年齡日益增長。她想生兒育女，但該怎麼做呢？

平淡的生活、責任感和穩重的個性，讓她不曾涉足愛情遊戲。她曾因某位朋友在網路上結識另一半、進而相戀並譜出美滿姻緣，加上周遭親朋好友的鼓勵，而決定向陌生的網路世界踏出第一步；她想，或許可以在網路上找到可以共組家庭、生兒育女的合適對象。每次與網友的通信，彷彿讓她更接近結婚生子的目標；然而，在通信的過程中，她對他們只是略有好感，不到論及婚嫁的地步。正因如此，她才會藉此詩回顧那些陳年往事。

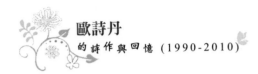

啊！舊愛

離開你以後的歲月
我一直都在期待與你重逢
我麻痺自己　埋首於工作之中
過幾年，我可能無法生育了
再加把勁！但你竟然　還是無所不在！
**

甚至你瞧　最近
我想要有個自己的孩子抱在懷裡
只要我懷有他的骨肉　我當然也會愛「另一個人」
我在網路世界構築希望
替自己找個伴，學大多數人　選個對象
**

終於　我將結婚
為了擁有自己的孩子
我要把他擁在懷裡
我的心　將緊貼著他的心
就如同我最初的愛　你
**

說是別無選擇也好
只是在網路上也罷，但我再也忍受不了「其他人」……
我終於了解到
那些努力都是白費
就算是為了你　我的骨肉　我也做不到
**

190

我抱著最後一絲希望
撥了電話給你母親
她很開心　聽到我的聲音
「他未婚　妳未嫁
你們應該還有機會」她說
**

我們談笑風生，一同回憶往昔
就像多年前我在你們家一樣
我曾和你母親一起做禮拜
為了你也為了我們
一輩子的幸福
**

一開始我有點不好意思
「我只想打個招呼」我告訴你母親
後來我又打了電話：「你兒子
現在好不好？」
你母親便代我們傳達彼此的近況
**

她聽見你叫那個女的和她的名字
你當著那個女的面前作了回應……
啊　我今生與來世的愛人！
在你心中　原來　我早已逝去
而你　仍活在我心裡
**

我對你的愛　千金不換
但你卻試圖在別人身上找到忠誠？
啊～舊愛！
我啞口無言
即使家徒四壁　我依舊深愛

歐詩丹，2005年10月24日於塞拉耶佛

19

AH SEVGİLİ..., şiirinin ismi her ne kadar bunu çağrıştırsa da, bu şiir asla bir 'şikayet' ya da 'ah etme' şiiri değil. Bir tutam hayali kucaklayan bu şiir, ders alınacak bir şiir. Ama neresi ders verir, neyi demek ister işte bu herkesin kendisine bırakılmıştır.

Farzedelim ki bir genç kadın, sevdiği halde yıllar önce terketmek zorunda kaldığı bir erkeği unutmaya çabalar. Genç kadının yaşı ilerlemektedir ve çocuk sahibi olmak için şansı giderek azalmaktadır. Yuva kurmak ister ama bunu nasıl başaracaktır?

Tek düze hayatı, sorumlulukları ve ağır başlı mizacı, onu gönül oyunlarından hep uzak tutmuştur. O sıralarda, bir arkadaşının internetten tanışıp mutlu bir evlilik yapmasından cesaret alarak ve biraz da eş dost yardımıyla hiç tanımadığı internet dünyasına ilk adımını atar. Böylelikle, sadece yuva kurup çocuk sahibi olmak için uygun birini bulmak amacıyla yazışacaktır. Her sanal yazışma, genç kadına evlilik kapısını aralayabilir. Ancak yazışmaları sırasında insan olarak takdir ettiği kişilerle, evlilik düşünmez. İşte bu durum, mazinin tozlu sayfalarını bir kez daha günceller.

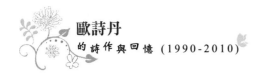
AH SEVGİLİ

Senden ayrıldığım yıllarımda
Hep gözüm yollarında
Duygu olmadan artık hayatımda, sadece var çalışma
Son yıllarım ya, doğuramayacağım belki de yakınlarda
Ha gayret! Ama her yerde sen varsın yine, hayret
**

Hatta bak, yenilerde
Alırım dedimdi evladımı kucağıma
Severim elbet parçası bende olursa bir "diğeri"ni
Yazıp çizerim bir umut internette
Bulurum bir eş kendime, çoğu gibi sadece tercihle
**

Artık sadece, evlenecektim işte
Bir evladım olsun diye...
Alacaktım yavrumu kucağıma
Saracaktı bu yüreğim canımın yüreğini
Tıpkı değerlim, sen gibi
**

Ancak mecburiyetten de olsa
Net'te de olsa, dayanamadım bir "diğeri" ne...
Anladım ki
Çabalarım nafile
Feda edemedim seni, müstakbel yavrum için bile
**

Son bir umut

Aradım anneni

Sevindiydi önce duyduğuma sesimi

"*Sen bekar, o bekar*

Var bir hayır" dediydi

**

Hoş sohbetlerde

Hatırladık birlikte

Tıpkı sizin evde, yıllar önce

Dua etmiştik annenle

Senin için bizim için

Bir ömür mutluluk dileğiyle

**

Önce utandım

"*Sadece hal hatır sormak için*" dedim annene

Sonra arayıp tekrar arayıp

"Oğlun, nasıl? " dediğimde,

Annen iletti bana seni, sana beni

**

Duymuş o kadına seslenişini ve ismini

Bana cevabını vermişsin onun önünde...

Ah kıymetlim

Ben ölmüşüm meğerse sende

Sen yaşarken hala bende

**

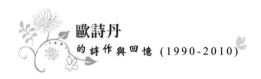
Yine de değişmem dünyalara ben seni
Sen ise buldun vefayı yenilerde mi
Ah sevgili!
Taş kestim
Seni ben farelerin gürültüsünde bile sevendim.

ÖZDEN & Saraybosna / 24 Ekim 2005

19

Even though the title of the poem **OH, MY BELOVED** is, in one sense, what it seems to be, this is not in fact a poem of "complaint" or "repining". It is a poem with a touch of imaginary radiance from which a lesson can be drawn. It is left to the reader, however, to see which part relays a lesson or to work out what the author wishes to be relayed in a certain section.

Let's presume that a young woman tries to forget a man she had to leave years ago, even though she still loved him. She is getting older and each day her chances of having children are decreasing. She wants to have a family but doesn't know how to make this happen.

Her monotonous life, her responsibilities and sedate disposition have always been a disadvantage to her in matters of the heart. At a certain point in time, encouraged by the news that one of her friends had met her husband over the internet, and with a little help from her friends and acquaintances, she is introduced to the internet world which had been so alien to her. However, she only intends to correspond with the purpose of hopefully building a home.

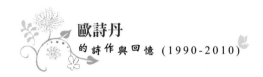

Every virtual correspondence may bring the young woman closer to her goal of marriage. Whilst chatting, she finds that she respects these men as people. However she doesn't want to marry them; and this re-opens the dusty pages of the past.

OH MY BELOVED

Throughout the years we were separated
My eyes constantly expected your return
Feelings no longer in my life, only "work"
As my last years, probably won't be able to give birth soon
Get a move on! Still there you are everywhere again, mysteriously
**

Yet look, recently
I told myself that I would hold my child in my arms
I would love for certain an *"other"* if one part is me
A hope I would scrawl and scribble on the net
I would find a partner, like most only by choice
**

Now only
I was to marry, just to have a child of my own
I was to take my baby in my arms
Was to wrap this heart over the heart of my dear
Just like my beloved, like you
**

However, even though compelled
Even on the net, I couldn't stand an *"other"*
I did comprehend that
My efforts were for naught
Couldn't sacrifice you, even for the sake of my future child
**

A last hope
Called your mother
She was at first happy to hear my voice
Said, *"You are single, him as well*
Must be a reason"
**

During engaging conversations, together we remembered
Just as in your home, years ago
I prayed with your mother
For you, for us
With the wish of a life time of happiness
**

At first I was embarrassed
Told your mother *"Only to inquire about your health"*
Then called again
And when I asked, *"What is going on in his life?"*
Your mother told me, me to you
**

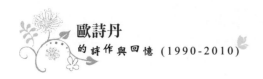

She heard you speak to your new love

In front of this new love you gave your response…

Oh my precious!

Apparently I have died in you

While you still live in me

**

Yet again, I wouldn't change you for the world

Have you, on the other hand, found loyalty from others?

Oh my beloved!

I became a pillar of stone

I even loved amid the noise of mice.

ÖZDEN & Sarajevo / October 24, 2005

20

在宇宙上那個童話城市裡，作者遇見了形形色色的人，她把這些人最初映入腦海的人格特質記下，並在詩中試著把他們的名字與其意涵串連。

詩中出現的人名有：Şule, Nur, Pakize, Muzaffer, Ekrem, Özgül, Aysun, Orbay, Sezgin, Fatma, Nazmiye, Duygu, Gülin, Oğuz, Ege。

Emrah殉職的消息傳來，令人痛心，天使也為之動容。

人生對我們每個人而言

人生對我們每個人而言
是友情、逆境、痛苦和愛
簡言之，在我們不預期的時候　這所有元素都可
　　能出現在我們面前
然而，一個人的一句話難以引起千百人的共鳴
**

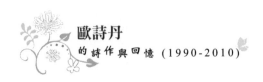
在今日將成為昨日過往的境地中
那些屬於昨日的映像
將會化為玫瑰般的（gülin）笑容
當我們看著相片的時候
我們將擁抱你那與年歲無關、充滿成熟的先見
　　（sezgin）
帶著從不記恨的心、充滿光明（nur）的愛
帶著歡樂及情感（duygu）將回想起我們燦爛的
　　歷史
從無法喘息、狹隘的空間　邁向知識與勝利
　　（muzaffer）
從那裡又昂首闊步地（ekrem）邁向突厥人的帳
　　幕去
**

欣羨著火焰（şule）埋藏悲傷又堅忍不熄的尊嚴
我們會把錶送給年華不老的佳人（aysun）
我們重新寫下我們的詩篇，在愛琴海（ege）歐
　　烏斯人（oğuz）的大地上
說到忠貞就想到井然有序（nazmiye），說到端
　　莊就想到潔淨無瑕（pakize）
誓言不再悲傷　那純潔玫瑰（özgül）的伴隨下
唱著埃米山的民謠
也許沒有愛人的愛會歡樂起來
在宇宙中這個童話城市裡
**

我們身邊會有為國捐軀的烈士
他們的愛將會在我們心中發芽
像珍貴的鑽石　我們將圍繞在他身邊
徬徨無助時，我們將徵詢光明的（fatma）
智慧、司令（orbay）般的自信
那哀苦的聲音會撫慰我們內心
我們會讓點路給痛苦，當我們遊歷世間

歐詩丹，2007年1月2日於塔林

20

HAYAT HER BİRİMİZ İÇİN..., evrende, bir masal şehrinde karşılaşılan çok değerli isimleri, yazarın aklına ilk gelen "tek" bir vasıf ile anması ve şahıs isimlerini "anlam"lara aktarması suretiyle, kaleme aldığı bir deneme.

Şiirdeki isimler: Şule, Nur, Pakize, Muzaffer, Ekrem, Özgül, Aysun, Orbay, Sezgin, Fatma, Nazmiye, Duygu, Gülin, Oğuz ve Ege.

Emrah'ın şehadet haberi de bu şehre ulaşır ki, yürekler parelenir, melekler divan durur.

HAYAT HER BİRİMİZ İÇİN

Hayat her birimiz için
Dostluk, zorluk, elem ve sevgi
Kısacası tüm bileşenlerini zamanlı zamansız sunabiliyor
Ancak, bir elden bin gönüle yol alan can nidaları sayılı
**

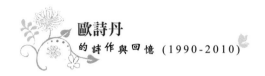

歐詩丹
的詩作與回憶 (1990-2010)

Bugünümüzün 'dün' olacağı bir yerde
Düne ait yansılarımız
Gülin tebessümlere dönüşecekler
Fotoğraflarımıza bakarken
Yaştan bağımsız olgunluk yüklü sezgini
Kalbi kin bilmeyen nurun sevgisiyle kucaklayacağız
Neşeyle duyguyla anacağız necm tarihimizi
Nefessiz dar mekanlardan ilme, muzaffere
Oradan da Türkmen otağına gideceğiz ekremce
**

Hüznü kalbinde gömülü şulenin dirayetine imrenirken
Yaşını eskitmeyen aysuna saat hediye edeceğiz
Şiirimizi yazacağız yeniden, nice ege oğuz ilinde
Vefada nazmiye, hanımlıkta pakize diyeceğiz
Üzülmemeye ahdetmiş özgülün eşliğinde
Emirdağ türküsünde
Aşıksız aşklar neşelenecek belki de
Evrendeki bir masal şehrinde
**

Şehitlerimiz olacak yakınımızda
Yüreğimize filizlenecek sevgisi
Ali elmas gibi pervane olacağız ona
Çaresizsek danışacağız duyusuna fatmanın, güvenine orbayın
Buruk sedalar dilruba olup canımızı avutacak
Elemlere yol vereceğiz bir nebze, seyreylerken dünyayı.

2
0
6

ÖZDEN & Tallinn / 2 Ocak 2007

20

> **LIFE IS FOR EVERY ONE OF US** is an attempt to write
> about very precious names encountered in a fairy-tale city
> somewhere in the universe, remembering them with a single
> attribution, which pops into mind, and with the aim of
> relating the names within "meanings. "
> The names mentioned in the poem are: Şule, Nur, Pakize,
> Muzaffer, Ekrem, Özgül, Aysun, Orbay, Sezgin, Fatma,
> Nazmiye, Duygu, Gülin, Oğuz and Ege.
> Emrah's news of martyrdom also reaches this city where
> hearts are broken into pieces, angels stand in respect.

LIFE IS FOR EVERY ONE OF US

Life is for every one of us

Friendship, difficulty, sorrow and love

In short, can present all its components timely/untimely

But numbered are the sounds of soul, from one hand to a
thousand hearts

**

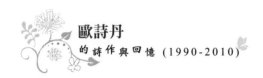

歐詩丹

的 詩作 與 回憶 (1990-2010)

At a place where our present will be yesterday

Our reflections pertaining to yesterday

Gülin are going to transform into smiles

While looking at our photographs

Your sezgin (intuition) full of maturity that sustains freedoms

We will embrace with nur's (heavenly light) love whose heart
knows no animosity

With neşe (joy) and duygu (emotion) we will remember out our
shining history

Untangling confined suffocating places, to muzaffer (victory)

From there we will go to the Turcoman pavilion with ekrem
(benevolence)

**

Envying the wisdom of şule (flame) who buries sorrow deep within

As a gift, we will offer a watch to aysun (compliant) who hasn't
aged a bit

We will re-write our poem, in so many ege (Aegean) oğuz (Oghuz)
lands

For faithfulness we say nazmiye, for ladylike manners pakize

In accompany of özgül (virtue) who has pledged never to be sad

In the Emirdag folk song

Maybe the loveless loves will rejoice

In a fairy-tale city somewhere in the universe

**

We will have martyrs near us

Love will blossom in our hearts

We will be ready to orbit around his precious memory

If helpless we will consult fatma's prudence, orbay's self-confidence

Bitter sounds becoming words of tender hearts that will console our lives

We will give way slightly to sorrows, whilst watching the world.

ÖZDEN & Tallinn / January 2, 2007

歐詩丹語錄
ÖZDEN'DEN SÖZLER
OZDEN'S SAYINGS

我學習、教授，我愛人、被愛；只不過我對祖國
在世界史上的熱愛永無饜足。

Öğrendim öğrettim, sevdim sevildim; yalnız ve
ancak ülkemin dünya tarihindeki tadına
doyamadım.

I learned and I taught, I loved and was loved; only
I cannot get enough of the embodiment of my
country's history in World History.

我們一輩子都是學生，將要不斷地學習。

Ömür boyu öğrenciyiz, öğreneceğiz.

We are all life-long students, we will keep on
learning.

親愛的父親與母親，當你們不在我身邊時，竟然
連喘息都不再容易……

Annem ve Babam, siz yokken soluması zor imiş…

Father, Mother – I had no idea how difficult it would
be to breathe without you…

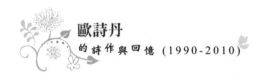

願你們心意相通、眼界開闊、平靜安詳、永遠健
　　康，所愛的人與你們同在。

Kalbiniz yakın, ufkunuz geniş, huzurunuz bol,
　　sağlığınız ve sevdikleriniz sizinle olsun.

May your heart be near, your horizons wide, your
　　mind at peace, your health intact and your
　　loved ones by your side.

歡笑可以減輕困境的天秤。

Gülmek hafifletir zorun terazisini.

Laughter will make lighter the scale of difficulties.

我擁有生而為人應有的人性，能承受一般人所能
　　承受的……不多也不少；「人生」恰好在這
　　些的正中央。

Bir insanın olabileceği kadarım ve bir insanın
　　sabredebileceği kadarım... ne azı ne fazlası,
　　'hayat' tüm bunların tam ortası.

I am all that a human can be, and can take all that
　　man can endure... no more, no less; 'life' is at
　　the heart of all this.

別糟蹋該珍惜的，反倒為不值得珍惜的留下空間。

Değerliyi yer etme ki, değersize yerin kalsın.

Do not disregard those who are worthy so that there
　　be no room for the unworthy ones.

企圖心、努力以及機運　（關於人生）

Niyet, Gayret, Kısmet...(hayata dair)

Intent, Zeal and Destiny…(as pertaining to life)

做好行萬里路的準備，讓人們拓展你的視野，讓
　　自己比白晝更光明。

Dem verip yollara insanı seyran eyle, günden akça kal.

One should find reason to travel, so as to become
　　more luminous than the day.

我是多麼滿心歡喜，有許多事可以學習、可以傳
　　授、可以感恩；有好友永遠真心相待、直言
　　相諫。

Ne mutlu bana ki öğrenecek öğretecek ve
　　şükredecek çok şeyim var / Sevgisi yüreğimde
　　tavsiyesi kulağımda olanlarım var.

I am so grateful, for I have a lot to learn, to teach
　　and to be thankful for / I have people whose
　　love is deeply felt in my heart and also people
　　whose advice rings in my ears.

語言文學類　PG0422

歐詩丹的詩作與回憶

作　　者/歐詩丹
責任編輯/邵亢虎
圖文排版/黃莉珊
封面設計/陳佩蓉

發 行 人/宋政坤
法律顧問/毛國樑　律師
印製出版/秀威資訊科技股份有限公司
　　　　　114台北市內湖區瑞光路76巷65號1樓
　　　　　電話:+886-2-2796-3638　傳真:+886-2-2796-1377
　　　　　http://www.showwe.com.tw
劃撥帳號/19563868　戶名:秀威資訊科技股份有限公司
　　　　　讀者服務信箱:service@showwe.com.tw
展售門市/國家書店(松江門市)
　　　　　104台北市中山區松江路209號1樓
　　　　　電話:+886-2-2518-0207　傳真:+886-2-2518-0778
網路訂購/秀威網路書店:http://www.bodbooks.tw
　　　　　國家網路書店:http://www.govbooks.com.tw
圖書經銷/紅螞蟻圖書有限公司
　　　　　114台北市內湖區舊宗路二段121巷28、32號4樓
　　　　　電話:+886-2-2795-3656　傳真:+886-2-2795-4100

2010年09月BOD一版
定價:260元
版權所有　翻印必究
本書如有缺頁、破損或裝訂錯誤,請寄回更換

國家圖書館出版品預行編目

歐詩丹的詩作與回憶：1990-2010 / Nese Ozden
　作；一版. -- 臺北市：秀威資訊科技, 2010.09
　　面； 公分. -- (語言文學類；PG0422)
BOD版
中土英對照
ISBN 978-986-221-562-3 (平裝)

1. 教學 - 教學法 2. 小學教育 - 教學法
864.151　　　　　　　　　　　99015183

讀 者 回 函 卡

感謝您購買本書,為提升服務品質,請填妥以下資料,將讀者回函卡直接寄回或傳真本公司,收到您的寶貴意見後,我們會收藏記錄及檢討,謝謝!
如您需要了解本公司最新出版書目、購書優惠或企劃活動,歡迎您上網查詢或下載相關資料:http:// www.showwe.com.tw

您購買的書名:_____

出生日期:_____年_____月_____日

學歷:□高中 (含) 以下　　□大專　　□研究所 (含) 以上

職業:□製造業　□金融業　□資訊業　□軍警　□傳播業　□自由業
　　　□服務業　□公務員　□教職　　□學生　□家管　　□其它_____

購書地點:□網路書店　□實體書店　□書展　□郵購　□贈閱　□其他

您從何得知本書的消息?

　　□網路書店　□實體書店　□網路搜尋　□電子報　□書訊　□雜誌

　　□傳播媒體　□親友推薦　□網站推薦　□部落格　□其他_____

您對本書的評價:(請填代號　1.非常滿意　2.滿意　3.尚可　4.再改進)

　　封面設計____　版面編排____　內容____　文/譯筆____　價格____

讀完書後您覺得:

　　□很有收穫　□有收穫　□收穫不多　□沒收穫

對我們的建議:_____

_____

_____

_____

11466
台北市內湖區瑞光路 76 巷 65 號 1 樓
秀威資訊科技股份有限公司　　　收
BOD 數位出版事業部

....

（請沿線對折寄回，謝謝！）

姓　　名：＿＿＿＿＿＿＿＿＿　年齡：＿＿＿＿＿　性別：□女　□男

郵遞區號：□□□□□

地　　址：＿＿＿＿＿＿＿＿＿＿＿＿＿＿＿＿＿＿＿＿＿＿＿＿＿＿＿

聯絡電話：(日) ＿＿＿＿＿＿＿＿＿＿＿　(夜) ＿＿＿＿＿＿＿＿＿＿＿

E-mail：＿＿＿＿＿＿＿＿＿＿＿＿＿＿＿＿＿＿＿＿＿＿＿＿＿＿＿